U0544905

腦洞與星空

隱匿

目次

【序】

作業系統不相容

這本散文集收錄的文章，時間跨度超過二十年，毫不意外的，有很多想法已經和現況不符了，但有些是可以且應該修改的，有些則否。

不能修改的比如〈寫詩的人〉，這篇寫到我羞於接受詩人的封號，因為當時才出版一、兩本詩集，不知將來能否繼續寫詩，可是現在我已出版七本詩集，且有外文譯本，想法早已改變了，然而當時的紀錄頗為逗趣，當然不能修改。又或者〈搬家〉這篇的最後，大意是那次搬家是我流浪生涯的終點，但事實上，在那之後我已搬過家，且現在也正準備搬家中，可見世上根本沒有什麼終點可言，即使死亡也不是，因為那時我們只是回歸塵土，在我看來那並非終點，或者可以說終點即是起點……但是，如果我將這些嘮嘮叨叨添加上去，就等於毀掉這篇文章了。

本以為將這些主題不一的文章收錄在一起會很雜亂，但是從頭看過一遍之後，卻發現還是有共通的主題。詩和貓當然是最基本的，但很難區分二者，因為寫貓的文章也寫了許多別的，有些甚至是以貓為幌子，藉由貓來訴說所見所思；而主題為詩和大自然的文章就更不用說了，根本無處不貓啊……於是很快地將這些文章以多貓或少貓為標準，區分為兩輯。

接著我開始在三個中意的書名中猶豫——第一個名字「貓眼星雲」，是二〇二二年我在《聯合文學》雜誌的專欄，其實是一篇真實故事改寫的貓小說，以一隻玳瑁貓「潑潑」為第一人稱，透過牠驕傲又美麗的雙眼所看到的世界，是本書字數最多且頗重要的一篇。而我之所以用小說的形式來寫，完全只因為這樣更接近事實！（附帶一提，本書中也有其他類小說的極短篇。）

第二個名字「保證無效」，則是二〇一三年我在自由副刊的專欄名稱。有天我在清除信箱的垃圾郵件時，瞥見一封信件的主旨寫著：「保證無效」，當時我立刻噴笑了！當然我知道全文是：「某某藥品，保證無效退費！」可是「保證無效」這四個字，卻讓我感到如此親切、有力，帶有一種自我解嘲的幽默感，在這個追求快又有效的世界上，彷彿一種明知不可為而為的勇者（兼傻子）姿態，適用於所有與（無用）文字為伍的人。

但最後這兩個名字僅用來分輯，勝出的書名是「腦洞與星空」——腦洞與星空？這是什麼概念？其實是我在全書中找到的共通點——也就是說本書作者腦子有洞，而且洞洞居然多到成為了一片星空！在悲劇中帶著喜感與美感，傻乎乎卻彷彿若有光，貼切地為我的散文書寫呈現出清晰的畫面。

說起腦洞我真有說不完的抱怨，一直以來大家能輕易做到的事，對我卻難如登天。比如我中學時有個工藝老師曾對我說：「我從沒看過像你這麼笨的人！」因為我花了半節課的時間仍無法讓藤條穿過屬於它的洞。數學老師早已放棄我，至於英文，則敗在聽力，即使已熟背的單字或對話，當別人念出時，我完全聽不懂！耳背的毛病不限於英文，我連熟悉的語言都常聽錯，不時答非所問，因此社交場合經常裝聾作啞。更別說路癡了，我根本不會看地圖，每一次照著地圖走，絕對是反方向，屢試不爽。另外還有一項重大缺陷：進位障礙。很多人不解為何我開書店時經常算錯帳，明明有計算機啊！是這樣沒錯，問題是我常搞錯位數，比如須找客人兩百四十元，我給了四張百元鈔和兩個十元硬幣，曾有熟客發現我進位錯誤，笑得滿地打滾……更糟的是連貓手術要禁食的時間都算錯，只要時間必須跨過十二點，就混亂了，有次混亂的程度超過一個鐘面——也就是十二小時——換言之貓咪必須被禁食十二小時加上八小時！幸好我在最後關頭驚覺自己即將犯下多麼可怕的錯誤！那一次我真是被自己嚇壞了……總之各種他人無法想像的腦洞，讓我從小就覺得自己是個瑕疵品，或者是作業系統和地球人不相容吧？而我的腦洞其實也包含散文寫作。

我寫詩和小說相對算是快的，但寫起散文卻慢得離譜，經常困在某些奇怪的點，不管怎麼寫都好像和我想的不一樣？似乎散文是地球人通用的文體，而我的作業系統與之不相容……奇怪的是，我還是想寫，還是有強烈的需求想要描述現實中發生的事件。後來我終於發現，原來我寫詩和小說比較沒有「功能性」，那是以文字摸索、呈現最深刻內在的方式，但散文通常卻是有目的的書寫，比如所有的貓文，我都想告訴大家，貓並非傳說中的無情，牠們用情之深之純粹，是人類完全比不上的。或者像我寫蓓蓓、樣子的那兩篇和〈怪力亂喵〉，寫到許多離世的貓咪們試圖和我溝通的故事，這些模糊的感受很難以文字描述，但我又非常渴望與養動物的朋友們分享，因為貓咪們不斷地告訴我，另一個世界是溫暖而明亮的，而人類的過度悲傷對曾經的幸福是一種傷害……像這樣「不能只有我一個人知道」的許多故事，儘管很難寫，但我還是硬著頭皮完成了。

以前曾說過詩是用命換來的，因為發生過極慘烈的傷痛之後，可能只換來短短的一首詩，可是我現在發現散文也一樣——然而，我很高興用命去換任何文字，否則這條爛命還能做什麼呢？

輯一　保證無效

寫詩的人

我始終無法坦然接受「詩人」這個封號。

剛開始有人介紹我是「詩人隱匿」時，我總是驚慌失措，彷彿像是醜事被揭發一樣。雖然後來已慢慢習慣，知道這只是一個方便的稱呼而已，但我仍然不可能自稱詩人。好幾次有人來找我，開口問：「你就是詩人隱匿嗎？」我總是這樣回答：「我是隱匿。」

後來我讀到辛波絲卡的諾貝爾得獎致詞，頗感欣慰——原來，就連辛波絲卡和她身邊的朋友，都有同樣的困擾！唯一的例外是一位俄國諾貝爾得獎詩人：布洛斯基。而他之所以能夠坦然自稱詩人，部分原因是他過去曾因未獲詩人身分的官方認可，而遭受迫害。如今當他自稱詩人的時候，口氣中帶著一種反叛的自由。

「詩人」這個封號，隱含的意義實在太多了，喜歡這個封號的人，為它戴上了空靈縹渺的光環，背後還長出一對純白的翅膀——這個形象真的不適合我和我的詩。

至於討厭「詩人」這個封號的人，他們心裡是怎麼想的？只要寫出流傳甚廣的一句話，就足夠解釋一切了：「詩來了，嘔吐還會遠嗎？」

我敢說，多數人對詩的看法都屬於後者。就算他們在言語中對詩表達出些許敬意，骨子裡還是帶著訕笑。其中最讓我無法接受的訕笑方式，大約就像這樣——在某個場合，眾人發覺現場竟然有詩人！於是其中一人說：「我年輕的時候也寫詩。」另一人則回應道：「我年輕的時候也有讀席慕蓉和徐志摩。」接著他們就噗哧一聲笑出來了，到最後簡直笑得滿地打滾——

像這樣，我始終無法坦然接受「詩人」的封號，我總是自稱「寫詩的人」，這讓我感到踏實多了。

我不敢

〈我不敢〉是波蘭詩人魯熱維奇的詩，詩的最後他寫道：「雖然新的詩歌啟迪了我／我對它／卻不敢想像」，這完全就是我最近的寫照啊！我寫詩約有十二年，每隔一段時間就會出現低潮，也可以說是蛻變期。

蛻變期很危險，很可能，我再也寫出不來了，也可能，等我破繭而出的時候，變成的不是蝴蝶，而是蟑螂。但是蛻變期又很重要，有如四季裡的冬天。每一次，都必須待在黑暗的繭裡面，經歷過一段自我懷疑與摸索。每一次都感覺春天近了，卻又不敢破繭而出，因為——我對新的詩歌，還不敢想像。

對詩的想像之所以如此困難，那是因為——對詩的追求，就是對人生的追求——如果我停滯於舊有的思惟，那麼詩絕不會破繭而出。當然，我也可以繼續待在朦朧而自我感覺良好的繭居裡，不用出來面對外面的風浪，很多人都是這樣的，但我沒辦法。這時就要借用孫維民的句子了，他曾批評某位著名詩人：「他的詩只是不甚高明的心智的習慣性、機械性的產物。沒有開啟的能力，沒有廣闊的世界。」

是的，詩需要有開啟的能力和廣闊的世界！而同時我又很清楚，詩是最卑微的，可能經歷過一次瀕死般的苦難之後，最終只寫下幾行字，詩是用命換來的。而我認為真正的詩，只能如此，沒有輕鬆的路可走，沒有快又有效的辦法，詩就是保證無效，也像波赫士說的：「從遠方來而不存到達希望。」

但是換一個角度來說，詩又是這麼輕鬆，即使歷經兩年蛻變終於寫成一首詩，結果它還是一首爛詩，那又怎麼樣呢？詩的成敗對世界來說是如此微不足道。我們儘可以勇敢地犯錯，儘可以努力犯下更大的錯，寫下更多別人無法原諒的爛詩，但我們最糟糕的下場不是寫爛詩，而是只想寫好詩，並且那個好詩的框架，還是前人設定、約定俗成的——這是最大的悲劇。

兩種幸福

在《所羅門王的指環》這本書中，動物學家康樂·勞倫茲博士寫下許多蟲魚鳥獸的真實故事，他的序文裡有這麼一句話：「雖然詩人也可算是一種魔術師，但是他們的吟誦，比起平鋪直敘的自然來說，還是遜色許多！」我完全同意博士的看法。而這本動物行為學的經典，也深深地打動了我，尤其在我略通貓語之後，似乎更能理解其中奧妙。

人如果能和其他生物溝通，不僅像是得到一只魔術指環，更像是打開一扇通往另一個世界的門。問題是，理解的背後，絕不只有純粹的快樂，也附帶了許多責任。以我來說，因為深入貓咪的世界，最後我成了貓奴——先貓咪之憂而憂，以貓咪的快樂為自己的快樂。

但無論如何，理解，以及肩上的責任，就是我想說的第一種幸福。至於第二種幸福，卻在於不理解。

比方我對天空就是一無所知。但是每當我仰望星空，凝視著晚霞的變化，或者目不轉睛看著閃電照亮堆積在夜空中的雲朵……在這些短暫的片刻裡，我的煩惱消逝，雜亂的念頭，全都平靜下來。彷彿天空中藏著對我的神祕召喚，而我也在那莫名的所在，找到一種無以名狀的心靈歸宿。

當然我也想過，如果我能理解天空的奧祕，那麼我的幸福一定會更深刻！因此，我也曾閱讀天文學書籍，煞有其事地拿著星盤比對天空，有時也會到天文館去觀看這個季節的星空變化，聽著旁白的解說，每次都能感受到一種近乎狂喜的幸福！不過，現在的我，依然只能辨識北斗七星，至於雲的分類則是只知道積雲和雨雲……但是，無知絲毫無損於我對天空的喜愛，不管何時，只要能仰望天空，就是幸福。

這兩種幸福，都像是野人獻曝，沒有好壞之分，尤其是因為，我已無法投身於另一種知識的追求了。但是有一件事我很清楚，能夠從這麼簡單的事物中得到幸福，這是上天的恩賜。

步行

步行的愛好者很多，隨手就可舉出許多例子。吳明益說步行類似一種移動的打坐。王家祥認為步行是將我們和早已失去聯絡的世界，重新連接起來。房慧真則形容步行是將體內那頭獸釋放出來，陪牠一段。夏宇曾走過西班牙和法國邊界，足足走了一千六百公里。而最知名的步行之旅，應該還是荷索從德國走向法國的那一段吧？

于堅也熱愛步行。但有次他憤恨地說起，家族中每一代都是步行翻山越嶺，但是到了他這一代，突然大家說他步行是「搞浪漫」！于堅的憤恨當然有道理，不過，現在的步行的確和以前不同了，或許說步行是浪漫的，也不算錯，但前提是，浪漫的定義並非羅曼蒂克，而是像村上春樹說的：「挑戰並打破現有狀態。」或如張大春的定義：「對非自我狀態的全面否定。」

話說到這裡，似乎又已太過火了。其實我還是認為，步行就像吃飯、睡覺一樣，只是一種自然的需求。對於愛走路的人來說，每隔一段時間，若不出門走一段，整個人就像槁木死灰一般，那時體內會發出一股強大的呼求，迫使我必須要走出去，放棄交通工具，回到天生自然的兩條腿上，一步一步，腳踏實地，慢慢前進。讓聲音進來，讓身邊流動的風景，以正常的速度，穿過自己的身體。

一個人，安安靜靜地走著，慢慢的，心跳和呼吸都穩定了，本來已混濁的意識和感受，逐漸清澈透明，好像身上每一根接收宇宙神祕通訊的觸鬚，重新復活了，那時，沉重的自我和負能量暫時消融於天地之間。我甚至感覺到，步行，是一種將腦海和雲海連接起來的儀式。

孫維民的詩：「我的救贖在於草莖之間的散步，缺乏重要目的的散步。」

瑞蒙・卡佛有一首詩，更是寫到我心裡去了：「所有這一切，我為了生活下去而粗暴地對待過的事物，都在一次散步中，煙消雲散。」

在

「詩無處不在／只是我們經常不在」，這是我的詩句。

「在」本來只是一種自然狀態，也就是本來即是的狀態。比方動植物永遠是在的，我無法想像一朵花不存在於自己的根、莖、葉脈、花瓣與花蕊之間。它們安分守己，依照時序而開花結果，花期如果是一個月，它們不會拉皮整形，企圖維持美貌，延長生命。

動物當然也是如此，寫過許多動物詩的泰德．休斯，曾作過這樣神準的比喻，我認為那就是「在」：「動物處在充滿活力的狀態，但人類唯有在瘋狂時才能如此。這股力量源自於牠們本身和神性之間的完整秩序。」

至於人，或許自從用兩隻腳站起來的那一刻開始，就失去了「在」。人們緬懷過去、計畫未來，卻極少活在此時此刻。但問題是，此時此刻、現在，或說當下，卻是我們唯一擁有的。

為此，我一直認為動植物都是我們的失樂園，永遠的鄉愁，但可憐的我們卻已回不去了。因此我們信仰宗教、飼養貓狗、栽培盆栽、旅行、冒險、閱讀、學習……我們必須透過這些，追求「在」的可能，而且這些美妙的片刻，轉瞬即逝。

想像一下，當一個人從高空中跳傘而下，這時他當然是心無旁騖的，過去的一切和未來的所有，全都歸位於此時此刻，再沒有其他——在這一瞬間，他在。

但也因為每個人是如此不同，我們的「在」也不同。我們都曾努力找尋，嘗試過各種可能，最終，有少數人找到了。而我找到的「在」，就是寫作，尤其是詩。唯有詩，能讓我活得像一朵正在行光合作用的花。唯有在詩的狀態中，我心神安定，存在得如此完整。

每個人的「在」，都是一種無可取代的事物，比生命更可貴。換個角度來看休斯的說法，其實那些不在的人們，才是真的陷入了瘋狂。我經常想，人們之所以變得如此急功近利、貪得無饜、毫無廉恥心，那是因為大家都瘋了。以這樣的角度來看，我們的星球，早已不在原來的軌道上。

這裡和那裡

每個人心裡都有一棵樹。孫維民的詩〈這裡〉第一句就是：「我將不斷地回到這裡，這棵樹旁」。當然「這裡」代表的除了樹以外，也指出了每個人心裡最深刻的位置。詩的最後是這樣的：「我也有一個出口，一條撤退路線／當我發覺自己像是成人／（積聚許多真理卻不自由）／我將從世界分心，單獨地／回到這裡」。

至今我仍記得家鄉有棵老茄苳樹，受到鄉民崇敬，被尊為「大樹公」。侯孝賢也常提起，童年時爬到芒果樹上偷吃芒果的經驗，因為在樹上觀看世界的角度和感受太深刻，極可能就是他成為導演的原因。

回想起來，我人生中也有幾棵重要的樹。小時候院子裡的龍眼樹，是我童年回憶的起點。國小校園裡那棵開滿粉紅花朵的羊蹄甲，則是我初戀的地點。前幾年我心裡最重要的樹，是門口的黃槿，後來黃槿在一次工程中死去了。現在我的「這裡」，則換成了苦楝。

然而，影響我最深的一棵樹，則肯定是我國中校園裡的菩提。當時我不斷描寫夏天雷雨過後的菩提樹葉——陽光在上面描著脈絡分明的泥金，那嫩葉是半透明的、水紅色的；那翠綠的心型闊葉，每一片都牽繫著長長的、細到令人屏息的葉梢，好似一顆又一顆，永不悔悟的心——這些是我少女時期的用字，此刻固然讓人臉紅，卻絕對是真誠的。

那時以菩提為主題寫了很多詩，有一首題目是〈信仰〉，節錄兩段：「在風吹過樹葉之間／存在本質的流轉／露珠噙住一千億個世界／生起又墜滅」，而「這些事／比什麼都重要」。

是的，這些事，比什麼都重要。只是現在有許多樹遭到不當對待，甚至因為各種拚經濟的建設而遭移除，這是多麼可悲呀，我們活在一個不再尊敬樹木，只在意數目的世界。很快的，當我們從千瘡百孔的世界分心，卻再也回不到「這裡」。因為，到處都是那裡，再也沒有這裡。

禮物

可能因為我是個窮鬼的緣故，朋友們可憐我，經常送我禮物，儘管我再三阻止，也提出對禮物的負面看法，但是沒用。有一次我不小心說出我已多年沒買衣服了，不久竟收到許多衣服！有些還是從海外寄來的！真讓我無言以對。

或許我不是真的討厭禮物，我討厭的是過節就必須送禮的陋習，因為這是商人創造出來的消費需求，有些甚至是為了滿足送禮者心裡的空缺，也就是說——送禮者在選購禮物以及幻想收禮者的快樂之中，得到莫大的滿足。

講得更難聽一點，送禮者將禮物交到他們選定的人手上，希望得到對方的讚美與感激，還希望對方將禮物懸掛於牆面、穿戴在身上、經常睹物思情……

這難道不是一種控制欲？阿根廷作家詩人科塔薩爾有一首散文詩是這麼寫的：「他們將你送給那隻錶當作生日禮物」。

但是說真的，我把禮物講到這麼不堪，主要也是心疼朋友們亂花錢。還有，我本來口袋空空，心裡也清靜，如今卻為了回贈禮物而煩惱。當然，這樣的煩惱是甜蜜的，因為即使那是一個我完全不喜歡的禮物，透過它，我知道世上有人掛念我，我不是一座孤島。

但我認為世上最好的禮物，確實不是物質上的，我想禮物應該是只能存在於此時此刻的某種幸福和領悟——比如寫出一首好詩的時候，那種彷彿摘下星星般的顫慄與喜悅；又比如每年春天，世界雖糟、此身雖老，但各種春花依舊毫不吝惜地綻放。

還有一種禮物也很難得，那是歷劫歸來的恬適與滿足，比如波蘭流亡詩人米沃什的名詩〈禮物〉：「在這世上我不想占有任何東西／我知道沒有人值得我嫉妒／不管我受過什麼樣的苦，我都忘了／……抬起頭來，我看見藍色的海和風帆。」或者陶淵明一去三十年，最後終於又回到自己的田園那樣的載欣載奔。

有時我會想，當我瀕死之際，回顧過往，會將這一生當作是刑罰還是禮物？或許，二者皆是吧？

鏡頭與槍管

我怕照相，從小就是如此，每當有鏡頭對準我，就像有槍管瞄準我一樣，我整個人會立即石化、冒冷汗，萬一又被要求面對鏡頭微笑，我甚至會臉頰抽筋——這不是形容詞，而是真實的物理現象，是臉頰上的肌肉因不當拉扯而受傷的那種抽筋，疼痛不堪，有幾次甚至痛得快掉眼淚。如今年老色衰，又曾遭遇多次醜照片被公開的經驗，恐懼症當然就更嚴重了。

後來我讀到蘇珊・桑塔格的《論攝影》，她說鏡頭像槍管這個比喻已經很久遠了，她絕不是第一個這麼說的，當然也不會是最後一個。

珍康萍的電影《凶線第六感》（*In The Cut*），則將來自周遭人們的視線

（莫不帶有成見或性幻想）比喻成千刀萬剮。事實上，生活在這個人手一相機和手機的世界，我確實也有千刀萬剮之感。

當然，我對於目前這個視覺優勢的世界很不滿意。任何事件都需要畫面，要直接看到，沒有模糊空間，也就等於沒有想像空間。再加上拍照實在太容易了，這造成讀者習慣在新書發表會上，要求和作者合照。雖然明知讀者是一片熱誠，但我心裡總是有些疑惑——難道作者在書中建構的世界無法令讀者滿意？非得要再加上這個步驟，閱讀才能劃下句點？或者，只要拍過這張照片，讀者也不用翻開書頁了，一切皆已完成？

所以每當我在各媒體上，驚見某些作家表情僵硬的照片，心裡都感到悽楚不堪，甚至也會有幻滅的感覺，雖然我明知道，他們的真實面貌是無法以相機捕捉的。

更糟糕的是，自從我習慣以手機拍照之後，我也成了一個拍照狂！每當面對美景，我就舉起手機不停地射擊，好像只要按下快門，一切就完成了。我毋須把握當下，毋須用心體驗視覺以外的其他——比如微風和花香，日光溫煦而群鳥鳴囀——最讓我憂心的是，甚至就連在夢中見到美景，我也一心一意只想拍照，彷彿照片真能留住一切，但實際上是，那美好而無法重來的瞬間，就這樣輕易地以一個按鍵的手勢代替以及取消了。

我甚至懷疑，其實這就是外星人殖民地球的手段之一？我們早已成為手機的奴隸，卻還錯覺自己是科技的主人。

告訴我你要什麼

契訶夫在〈沒意思的故事〉裡有一句至理名言：「告訴我你要什麼，我就告訴你，你是誰？」只是，我沒有小說家從小看大的本事，所以只好回頭看看自己。

三十歲以前，我曾經是個想要很多東西的人，不管什麼時候，永遠缺少一件。這樣的匱乏感，絕不是買到滿意的東西就可以彌補的，也不是每年出國旅行就可以滿足的，物質的慾望是個無底洞。現在的我回頭看自己，或許可以下判斷了：以前的我隨波逐流，誰也不是，沒有自我。

三十歲以後，我開始寫作，意外地竟立即切換成一個什麼也不想要的人。

沒有物質慾望，應該是件好事，但有時我也會擔心，想起亨利・米肖的話：「滿足於很少事物的人，真不幸！」因此，有時我也會檢討自己。比方說，我是不是太懶惰了？我是不是裹足不前？我是不是……老了。不只是生理上的，我在心理上也已經老了？

為什麼當我走過櫥窗，我什麼也不想買？為什麼當我肚子餓，我並不想花時間去尋找美食？為什麼當我逛著書架，並沒有太多我渴望的書籍？為什麼當我翻動著地球儀，我哪兒也不想去？為什麼錯過某一部電影，並不讓我感到惋惜？如果世界上沒有音樂，或許我也不會怎麼樣，因為我還有蟬鳴與鳥叫，有風吹過樹葉，還有喵喵叫的聲音……

而我只是每天想要寫詩，每天只想著幾隻貓咪，每天只想看看天空的變化。每天每天，我滿足於偶然的涼風、樹蔭、潮汐、雷電、陽光穿過雨滴、水鳥的飛行……捫心自問，答案讓我自己也感到訝異：我不需要其他的東西。

回顧過去，每一段時間我的變化是這麼大，想必將來我還會改變，但是，目前確實是這樣——這些就已足夠了，我不需要其他的東西。這是悲哀？還是幸福？我也分不清。

詩發現場

地點是一家早餐店，時間是一九九九年九二一大地震過後。當時我也正處於人生的大地震中，論及婚嫁的男人離開了，我沒有問原因，也沒有再打過電話給他，直到地震那天的深夜——驚人的搖晃來襲，而我依然躺在床上，在黑暗中感受著地震的破壞力與屋外的騷動。我並不驚慌，甚至感覺到前所未有的平靜，因為自覺已沒有任何東西可以失去。

據說在災難中你掛念的必定是你所愛，這是真的，因為我打了電話給他，故作輕鬆地詢問家裡情況如何，他則開玩笑地說：「我們全家已經在路邊乞討了。」我笑了起來，然而此時，插播聲響起，事情已經很清楚了，新女友打電話來，或許我也只是插播罷了，而這道深夜熱線早已不屬於我。我很識相地結束通話，且不曾再找過他。

那陣子我得了厭食症，體重來到人生新低，勉強吃下去的食物大多吐出來，精神恍惚卻仍騎機車趕上班，可想而知是不斷地發生車禍，身體各部位皆在此役中受損，有些甚至影響至今。

或許是出於一種自知之明吧，我感覺文字可能在此時解救我，因此我重新開始寫詩，我用盡全力、聲嘶力竭，簡直就像臨終前以鮮血寫遺書一樣地寫著，儘管如此，卻總是感到不對勁，好像被什麼東西束縛著，無法進入詩行之間，我渴望觸碰的世界的本質或核心那樣的東西，仍在極遙遠的地方，我到不了……

另一方面，我也試著以物理方式振作起來，每個周末，我從賃居的套房旁邊登上象山，先走完許多階梯，穿過登山客的隨身廣播，穿過一處墓地，然後從另一邊較平緩的坡道下山，接著，尋覓一家早餐店。

那天，我從山上下來，就這樣一腳踩入了那家命定的早餐店，坐在那扇至今仍印象鮮明的灑滿陽光的落地窗前，我一邊艱難吞嚥，一邊漫不經心地翻閱報紙，然後，一首詩緊緊地抓住了我的視線——

詩分為六段，以「在酷寒的天氣裡／我們裹著火／等待詩生還的消息」開頭，中間則上天下地無所不寫：歐亞大陸板塊激撞菲律賓板塊、六歲神童獲得國際鋼琴大賽首獎、幸福與傷痛的輪替、人文與自然、獸與骯髒神魂、密林惡枝與歷史的經緯、以男子的血肉抵抗衰老……，最後一段則以「怎麼說呢／我想我還對人生充滿了想像」作結。

我一邊讀一邊熱血沸騰！領域超展開！燃燒小宇宙！尤其最後那句「我還對人生充滿了想像」就像一個棒喝徹底擊中了我！我整個人從餐桌前驚跳而起，內心爆發的吶喊幾乎突破肉體限制得到了具象化：「天哪！原來這就是詩！原來詩根本就是——什麼都可以寫！！！」

突然從束縛中脫身而出的我，眼前赫然是歐亞板塊與菲律賓板塊激烈撞擊後，從地底下冒出來的新大陸！

三年後，這首〈用世紀末最常見口吻〉，收入鯨向海第一本詩集《通緝犯》。如此又過了十年以後，他出版精選集《犄角》，卻並未收錄此詩。

我曾以此向鯨向海詢問（或說抱怨），他回我以含糊籠統的答案。但我可以想像，過了十年的時間，當時已出版過四本詩集的他，早已和過去不同了，就連我也是，我們的翅膀硬了，飛行動力已更新過無數次，就連詩的偶像也已汰換過好幾位了，最初那些樸實到接近艱難爬行的詩，或許已成為不願回顧的少作了吧？

然而「當海嘯偶然掀起了峽谷」，它「曾經鑿開我的靈魂一次」，因此不管我已經走到多麼遠了，每次只要我有所迷惘，一回頭，仍可清晰地看見這首最初的詩，在那年的陽光底下引爆的閃亮剎那。

搬家

大約有十幾年的時間，我獨居，經常搬家。整個大台北地區，從鬧區到能夠聽到各種蛙鳴的山區，我都住過了，估計搬家次數有四十幾次。最輝煌的紀錄是——三天之內搬了三次家，簡直把搬家當作換飯店。

從與同學合住的破爛宿舍開始，到後來變成上班族的破爛小套房，期間總是有各種原因，讓我不得不搬家，比如和房東或室友鬧翻、住到鬼屋、隔壁有家暴，還有一次是房東欠了賭債，我的門口被潑上紅色油漆……。當然，還有更重要的原因是：同一個地方我很快就住膩了。

經常性的搬家上癮，好像是對日常生活的一種徒勞的抵抗。但搬家還是很辛苦的，每次打包整理的時候，都是我重新檢討自己消費習慣的時刻，也因此，我養成了不收藏、不亂買東西的習慣。可惜這不能算是清心寡欲，只因為我深切的體會到：每一次的購買，都會成為將來的負荷！

即使如此，隨身物品還是愈來愈多，只好開始找搬家公司。雖然也遇過半途要求加價的工人，但是被坑騙過兩次之後，居然就幸運地讓我遇見了一位細心又有禮貌的搬家工人，從那時起，我就不再找別人幫我搬家了。

於是每隔一段時間，我就會打電話給那位先生。通常我一開口他就知道我是誰，我從來不用告訴他我的地址，他都記得。而他也記得我的家當有多少，所以每次估價後，絕不會要求加價，反而是有時我看他搬東西實在太辛苦，會自動多給他一點錢。在往新家移動的貨車上，有時我會詢問他的健康狀況，他偶爾也會關心一下：為什麼我一直獨居？這樣的問題。

最後一次搬家，我在滿載家具的貨車上打電話給新婚的先生，請他開門讓我們進去，搬家工人顯然大吃一驚。這次他依舊細心地搬運完每一件熟悉的物品，在離去之前，他露出寬慰的笑容說了一句話：「你終於安定下來了。」這已經是七年前的事了，如今回憶起來，這句話，好像是我流浪生涯的一個溫暖的句號。

我家門前有小河

自從搬到淡水河出海口的小鎮定居之後，我變成了一個體內有河流過的人——這並不是文藝腔，這是事實，我也是最近才發現的。

最近幾次搭捷運到城裡辦事，我聽著（我不能不聽著）隔壁座位女性乘客的談話內容，感覺自己像是穿越到了異國。第一次是一群穿著制服的女學生，從出海口一直到城裡的四十分鐘內，都在互相塗指甲油，討論如何使玉米鬚燙的頭髮保持蓬鬆。

第二次是幾位上班族女孩。沒有座位的她們彷彿從高跟鞋裡面筆直地長出來，我歪靠在座位上，聽她們討論最新的化妝技巧，其中一位稍微不修邊幅的女孩被同儕指責不斷。當時連口紅都沒擦，穿著牛仔褲和涼鞋的我，不知怎地，居然也對於自己慘遭流行淘汰這回事，感覺到有一點壓力。

第三次則是幾位坐在博愛座的老太太。從頭到尾我聽著她們討論染髮劑對髮質的傷害，或者用感傷的口吻提到某位友人，因為不重視保養，看起來比她們還老氣，因此先生另結新歡……

當我走在繁華的市中心，邊走邊感慨著這幾次談話內容的時候，突然，我被從某家服飾店內衝出來的青面獠牙一把抓住！那隻配備著可怕彩色長指甲和黑色毛蟲假睫毛與血盆大口妖怪緊緊抓住我，口中高呼著：「清倉大拍賣！全館五折特價！買到賺到！」我驚愕地瞪視著眼前的女孩以及她臉上凶狠的表情，就在這最後一個致命的驚嚇中，我崩潰了——我以最快的速度一頭躍進捷運入口，火速逃離了這個曾經居住多年的城市，腦子裡還浮現了一首歌的旋律（帶著鏗鏘的鼓點）：「永、遠、不、回、頭！」

當捷運列車開往出海口，寬闊的河面逐漸從各式建築中閃現，觀音山也慢慢地展開了她的愁眉，我心裡那種行星脫離軌道的慌亂感受才終於消失。突然，我決定在前兩站下車，當我從車站後門經過幾個轉折，走向河岸步道的時刻，迎向我的是美麗的河流，以及明滅其上，不斷鋪展至遠方的閃爍的光芒——

穿過葉縫的幾道清風、佇立於紅樹林樹梢的幾隻白鷺鷥，胖胖的夜鷺笨拙地走在舢舨船上……這些我熟悉的景色，對我產生了無比的撫慰作用，我緊張的肩膀鬆緩下來，我混亂的腳步逐漸踏實，在夕陽沉沒於海平面之前，我沿著河邊走，沿著體內的河流往回走，很快就回到了——我的家。

百元理髮

每次走進這家百元理髮廳，都有一種朝聖的感覺。

店裡的客人幾乎都是七十歲以上的老太太，她們坐在四張皮椅上聊天，談論彼此的媳婦和孫子、鄰居的八卦、養生話題等等，講電話則必定以大音量擴音放送，電話彼端的人說話聽得一清二楚便罷，此間的客人和老闆娘還會加以回應、吐槽，多方對話，其樂融融。

該是因為年紀大了，早已卸下所有包袱，老太太講話都有一種渾然的喜感，類似這樣的對話源源不絕：

「白毛總比無毛較好啦，某某人就算想欲染頭毛嘛毋法度啊！」

「啊你目睭已經遮穤啊，葉黃素敢免加食寡？」

「阮查某囝問我要買啥款保健食品，我講欲食落會媠彼款。」

當然，這些只是附帶的娛樂，重點是這位理髮師兼老闆娘的手藝，不輸我住台北時遇過的髮型沙龍高級設計師，而且，至今仍堅持一百元的收費！過程大約如此：先噴濕部分頭髮之後剪髮，剪完後我自己拿吹風機吹乾。她的剪髮資歷和我的年紀差不多，雖然我要求的僅是清爽好整理的髮型，但她會根據季節和我的頭型做調整，每次都有點變化，我感到很滿意，後來便不再要求髮型款式，可以放心地將整顆頭交給她。

她唯一的缺點就是有點固執。有次她幫一位白髮老太太剪髮，對方因為健康因素不願再染髮，她卻無法接受，滿嘴碎念不休，說誰誰到了一百歲也還在染髮、燙髮，頭髮整理好人變漂亮，心情才會好，所以愛漂亮的人都會長壽……，但是對方不為所動，她愈講愈氣，最後竟然說出這種話：「我一點都不想和這樣的人往來！」在等候區的我看到她那一臉嫌惡，與邋遢的人誓不兩立的態度，暗自心驚，真覺得已經有點離譜了。

偏偏我也沒好到哪裡去，因為在家工作，疏於打理，總是累積到自己也被鏡子裡的鬼嚇到才去報到。有次她剪完我的頭髮之後，彷彿得救般鬆了一口氣說：「總算像個人了。」接下來便開始規勸我應該染髮和化妝等等。有趣的是，其實她並不在意客人是否給她染髮，純粹希望所有人都漂亮、得體，像個人。

每次我剪完頭，她必定會尾隨我出門，並對著我的後腦勺讚嘆不已：「你的頭型誠好看！」我便會回應道：「無啦，是你手藝好啦！」這時在座的老太太就會有人搭話：「伊頭型好看，你手藝讚啦！」眾人大笑！如果她有空，甚至會站在門口欣賞我的後腦勺，直至我消失在地平線的彼端。我感覺在她對我新髮型的讚嘆裡面，有很大的成分是在讚嘆自己——挽救了一個人免於醜陋的命運。

有一回我來報到時，已接近打烊時間，幾位客人離開後，便只剩下我和老闆娘。我發現她那天的髮型不同，便隨口稱讚了一下，誰知她臉色略變，告訴我其實她剛做完化療，所以現在戴假髮，甚至還解釋道，因為她太忙，今天沒有好好整理假髮，本來應該是怎樣怎樣吹整才漂亮……。我嚇得差點從椅子上跳起來，趕緊詢問詳情之後，發現她竟然是我的病友！

於是我立刻質問為何化療期間仍要開店？她說因為是自費沒什麼副作用，閒著也是閒著，就繼續為大家服務……這在懶散的我看來簡直太荒唐，我忍不住開始勸她應該多休息，或乾脆把訂價提高，以此減少客人……，但是這些建議都被駁回了。她說這些客人一輩子都給她弄頭髮，如果她休息或是漲價，大家要怎麼辦？

我心想：如果你休息，大家自然會找別人，到底還是自己的生命比較重要吧？但這些話無法說出口，畢竟如果她不繼續服務，我也會很為難的。過去我曾在別家百元理髮被剪成櫻桃老丸子，為此煎熬了好一段時間，出門都戴著帽子遮醜。由此可知，我也不是不愛美，只是程度和老闆娘差很多而已，但或許更準確的說法來自木心，他說：「我們維持外貌形象，為的不是愛美，而是身而為人的尊嚴。」

回家的路上，經過某家餐廳門口，恰巧看見一張有趣的標語，文字旁有簡單的圖案——持箸的手，將一雙筷子高高舉起、大大地展開：「在這個世界上，除了筷子，其他都可以放下。」起初，我覺得這話太妙，應該給老闆娘看看！我甚至猜想著：就是那份對美的偏執、把自己看得太過重要，才導致罹癌的吧？

然而，念頭一出，我立即感到慚愧了——這樣的想法，和那些隨口判定他人罹癌是因為祖先造孽的人有什麼不同？我對她一無所知，唯一的接觸僅是剪髮的那幾分鐘，我憑什麼評斷他人呢？再進一步想，或許，愛美即是她堅持不能放下的「尊嚴」吧？而我眼裡的可悲，不正是她的可敬之處嗎？一個什麼都丟失了，僅剩筷子的人生，真的會是我們想要的嗎？

唉，難怪古人要說頭髮是三千煩惱絲，難怪我經常想要將頭髮全部剃光

——無論如何，此刻還保有人身且僅以一百元就換來清爽髮型的我，誠心地感覺到：在這個世界上，還能為了美與尊嚴而煩惱，還能有所追求與堅持，是多麼幸福。

時代的表情包

工作上往來的電子郵件，用字遣詞總是有禮而公式化，完全看不出性別、年紀和個性。突然因為聯繫方便加了LINE以後，不得了，一切都不一樣了——一會兒是一個打斜角竄出揮舞雙手的可愛小女生，一會兒又是一隻滿地滾動臉紅害羞的小肥兔——就連我，早已勉為其難接受「老師」這個稱呼的我，也隨之活潑了起來，一時之間，甚至有已經成為朋友的錯覺。

我想起前陣子有個不起眼的小新聞，某連鎖咖啡店經理辭退一名分店店長的理由竟是：「傳訊時她沒有使用笑臉貼圖，顯然有挑釁意味！」媒體報導此事時將那位經理的反應描述得非常抓狂，以致我幾乎可以見到許多發怒的貼圖在眼前蹦出：漲紅了臉、扯頭髮、怒氣衝天、大暴走……。這新聞固然不可思議，但隱隱的，似乎也不是不能體會這樣的心情吧？

辛波絲卡寫過一首詩〈微笑〉，訴說一排開朗友善的牙齒，對人類的心理健康有多麼重要：「我們的時代尚未安穩、健全到／可以讓臉孔顯露平常的哀傷。」

在這樣的時代，貼圖確實是極好的道具，輕易便能抹去人際關係的不安、換來溝通順暢的假象、消彌無話可說的困境——時代的表情包、世紀的巴別塔、集體的弱智、美感的簡化與踐踏——儘管充滿了負面的用詞，但我倒是挺喜歡的。坦白說，若能在某些突發狀況之後，遞出恰當表達心情甚且具有幽默感的貼圖，確實足以消彌此前的誤解，進而讓溝通的雙方產生微妙的連結……不需要耗費心力面對或交出各自的真面目，就能輕鬆解決失語症和社交障礙，我心懷感激。

而卡通圖案之所以具有撫慰人心的效果，實在是因為現代人已經太疲倦、太焦慮了，無法再承受更多帶著斑點、傷口、惡意和悲傷的細節，所以只要一看到線條簡化、外型渾圓的事物，大家馬上就會感到壓力被釋放了，進而產生療癒之感。這是時代的可悲之處，但或許也可以算是一種方便法門吧？

只是，我輩創作人無法滿足於此，仍然渴望更深刻而幽微地表達自我，我們永不厭倦地對著莫名所以的位置發聲、為星星命名、標註自己在宇宙間的座標……然而有時，當我讀到讓人大翻白眼的詩作，我其實認為，一張貼圖所能傳達的事物，遠勝於此。再進一步說，當我使用了嫻熟的套路、陳腐的比喻（比如「為星星命名」），我也會懷疑，我的堅持是否只是自我欺騙呢？其實文字早已被影像所取代了吧？……總之各種懷疑如影隨形，彷彿在告誡著自己：可別輸給一張貼圖啊！（此時，一個從鼻孔噴氣、握拳自我鼓勵的小人從旁竄出……）

時代的狼爪

Me too風暴讓我想起許多往事。我大概因為從不參加藝文活動的關係，免除了遇上權勢者的騷擾，但是過去遇上各式各樣無名人士性騷的經歷，卻是說也說不完。

從幼稚園時期被鄰居叔叔帶去家裡觀看噴泉秀開始；小學時另一位鄰居叔叔則以指導為由，親手演練往後絕不能給人摸的部位；接著是高中時路上遇見的苦惱大哥，懇求我前往幫助初經不知所措的妹妹，而當我在大門口等候他帶妹妹下樓時，毫不意外瞥見他在樓梯間手淫的畫面，接著當然我就飛也似地逃走了。

再來是我最常遇見也最不擅長對付的癡漢。數不清曾在擁擠的交通工具上遭遇過幾次伸出的狼爪，每一次我都希望自己能大聲將他糾舉出來，但無論如何我就是做不到，最後僅僅練成了超強遁逃之術。這些事在我心裡留下的陰影，主要不是那些伸出的手，而是當時我不斷自責：就是因為有我這樣懦弱的人，那些惡徒才會愈來愈膽大妄為。

但現在的我已經完全明白了，這就是我累世的業障，直白的說法就是：偶包太沉重。

值得一提的是，有次遭遇癡漢時，當時的男友在旁而選擇默不作聲。他絕非怕事之徒，純粹是想瞧瞧我會如何面對，當我們終於下車之後，他憤怒指責我不愛惜自己的身體，甚至享受這樣的經歷……我現在只記得我在崩潰之餘說了看似氣話，但極可能是事實的一句話：「就算有人要殺我，我也沒辦法大聲喊叫。」

這是真的，非偶包人士根本無法體會，偶包的來歷與去向，唯本人略有所知。有很多次我與人爭執，我自認已喊破了喉嚨罵他，但對方卻聽不清楚，疑惑問我：「你說什麼？」導致我每次與人吵架都失敗。

我就連被插隊也敢怒不敢言，開書店時，甚至曾親眼看見有人偷書，卻無法大聲糾舉他，而是默默地跟著他走樓梯下去一樓，再請他把書還給我。

而我這輩子應付得最好的是暴露狂，我只能說暴露狂遇到我，真的是他們倒楣。暴露狂又稱露陰癖或露鳥俠，這其實是一種病，可能是在正常性愛中無法得到滿足，所以嗜好在年輕女性面前露出陽具，似乎唯有從這些女性的驚恐尖叫聲中，才能得到全然的滿足。

如前所述，我是個偶包人士，我怎可能在區區一條陽具前尖叫呢？我甚至連驚恐的表情也未曾有過，再加上我很早就明白暴露狂的心理，所以每次遇見，都是面無表情，甚至帶著同情的眼光直直盯著他看，因此每次都是對方落敗，逃之夭夭。

有一次逛書店，我正蹲在地上專心看書，突然發現極近距離的前方，出現了一條裸露的陽具，因為書店燈光明亮，那形象可說是鉅細靡遺，清楚得過分。我可以想像這時若換成別的女生，一定會嚇到跌倒吧？但我只是默默起身，冷冷看了他一眼（記得那是一張渴慕且期待的前中年期男士的臉），接著馬上環顧四周，察看是否有別的受害者，最後我走向獨自顧店的女店員，請她保持鎮靜，並打電話報警。可惜在警察來到之前，那人已被我們這兩位年輕女孩冷峻的目光嚇得毫無興致，落荒而逃了。我甚至記得他將褲子穿好，轉身離開前掃了我一眼的那種落寞的表情。

回想起來，這些事確實都曾是心裡的陰影，最嚴重的是小學時的遭遇。在我那個年代，家長和老師對這些事總是諱莫如深，即使不得不提起，態度都像在說什麼不可告人之事，於是小孩自然也將此視為禁忌，不敢也無法對任何人說出口，進而將這些他人的過錯，化為自身羞恥的印記。

我現在心裡當然已無罣礙，年紀換來一雙局外人的眼睛，讓過去的一切變得如此清晰明朗，只是，我在迷茫中曾失落的那些珍貴之物，有許多是本來可以保留的。換個說法，如果我從小接受正確的教育，我的人格將正向而陽光許多——或許吧？

幸好，時代正在改變，我認識的女孩之中，竟有人曾將癡漢的惡行以手機錄影存證，接著請司機把公車開到警局，將現行犯扭送法辦！對此人我真是說不完的崇拜與景仰！而現代的孩子已從小接受性平教育，家長的態度也和過去完全不同了，因此，我仍樂觀地相信：時代正在更新，未來或許並非毫無希望吧？

務實的我與浪漫的朋友們

我的朋友多半是浪漫的，但我卻是個務實到根本乏味的人，尤其過去十幾年來，我不購物、不旅行、不泡咖啡館、不聽音樂、不看電影（儘管這些是我年輕時的最愛）……而我之所以如此，有一半是因為沒錢、沒閒、體力差，另一半則是因為理念：我相信人類已在短時間內掠奪了太多地球資源，讓其他物種失去了棲地，因此選擇盡量不消費，簡單生活。事實上，我甚至指望能藉由這樣的生活，讓我逐漸剝除人類的外皮，回到動物甚至植物的那種渾然天成的狀態。

因此每當我在臉書上看到朋友們以紓壓為藉口瘋狂購物，或者到處旅行並打卡，我就會翻白眼（儘管我還是挺認真地看了照片並發出讚嘆，畢竟我還是想看北極光或者櫻花呀）；我並且認定滿街人手一塑膠杯手搖飲，是全宇宙最可悲的畫面，因此若自己也製造出過多垃圾，我的自責也是排山倒海而來，將我淹沒。

即使出席重要場合（比如領獎），我也穿著超過二十年的舊衣服，就連口紅都是朋友不適用轉贈給我的（如今已放到過期還在用），我並不覺得羞恥或有所欠缺，唯有一件事讓我不安，那就是簡單生活到最後，我竟然連閱讀量都減少了，尤其放射線治療結束後，我每翻書必昏睡，因此這三年來看的書真是少得可怕！曾經營書店十一年的我，竟成了不讀書的人，實在汗顏，偶然跟朋友提起，都以一種羞愧不堪、自爆醜聞的態度。

意外的是，我卻在尼采的自傳中讀到和我一樣的想法，這位和我同星座、介於天才和瘋子之間，木心稱之為唯一「不事體系」的哲學家。他寫到因為生病的緣故，不得不經常休息，好幾年來沒讀過幾本書，但他竟說：「這是我給自己最大的恩惠！」大致上他認為閱讀是外來的雜音，擾亂了純粹的思維，減少閱讀之後，他才找回自己……天哪！這正是我想的，但我根本不敢說出口，太政治不正確了！然而，每種生活習慣都有各自的來歷，本來也無需追求他人定義的正確。

只是近年來，我開始感覺到這種生活不太對勁，有點像是體內本有一道湧動的河流，現在逐漸淤積了，而生命的彩度和亮度又被調暗了幾個色階；尤其書店結束營業時，我曾因太痛苦而將情緒的開關緊閉，在此之後，某種豐沛的感受力似乎也一去不復返了。於是我終於慢慢看清且願意承認了——離開伊甸園之後的人類，全地球業障最深的物種——是無法過著像動植物那樣與天地大化無隔的幸福日子的。

而像我這樣的生活，看似簡樸，實際上可說是放棄一切、生無可戀，我不願做多餘的事，每天只想待在家裡，對未來的畏懼多過於好奇……這樣的人只是抱頭縮在自己的角落，被動地等待著，被天地收回的那一天的到來，如此而已。還是史鐵生說得好：「消滅恐慌最有效的辦法是消滅慾望，但消滅人性最有效的辦法，也是消滅慾望。」

我又想起荷蘭詩人布丁的詩（因斷捨離故手上無書，憑記憶寫下）：「人類是一種什麼樣的物種啊／汲汲營營／屠殺同類／卻在兩餐之間／播放一曲布拉姆斯」。雖然是簡單至極的詩，說不上是褒或貶，可人類的形象卻由此鮮明地浮現。每次想到這首詩，我對人類的鄙夷之心便會軟化許多，似乎人類——很遺憾的也包含我——除了日常所需之外，就是必須做些徒勞無用的事，無目的地將自己拋擲出去，在耗損中收穫空虛，「從遠方來而不存到達希望」（波赫士語），如此才能活得下去。而所有的這些徒勞之舉，我們或可稱之為「浪漫」。浪漫不是羅曼蒂克，其實也算是一種求生本能，比如薛西弗斯在每天推動石頭的路上，也可能因為避開了一朵漂亮的小花而感到快樂。

回頭看看我那些浪漫的朋友們，總是在忙碌的生活中擠出時間，旅行、學習語言、音樂、繪畫、烹飪、參加各種活動、運動、登山、抗議遊行，逢年過節必定辦年貨、寫春聯、寄賀年卡……我總覺得浪費時間和金錢，可他們的日子卻過得有滋有味。

有一位老是向圖書館借很多書，最後全都看不完逾期罰款；還有一位廚藝甚差卻熱衷於創意料理，浪費了很多食材和時間；另一位則是不斷地買機票往返戀人所在的城市，傾家蕩產終不悔；還有一位影癡朋友幾乎每天上電影院，可又老在電影院睡覺，有時睡掉一半，他便又買票進場再看一次，結果這次又睡掉結局，於是又買了第三次的票，終於將一部電影拼湊完整……每次聽到他們做這些蠢事，連一張電影票都捨不得買的我，只能說是嘆為觀止。

不久前，我拜託貓友照顧的貓過世了，貓友給我看牠死後裝箱的照片，我無法克制地痛哭一場，主要原因不是悲傷，而是天哪在那隻貓的大紙箱裡，用柔軟嶄新可愛貓咪圖案的睡墊鋪底，裡面裝滿了玩具、布偶、貓草包、罐頭、全新未拆封的木天蓼……已過世的貓安然側臥其中，看起來是多麼幸福！那是一幅畫，是一個繽紛的美夢，是「愛」這個抽象的詞，得到了具體的形象！只是當時我明明感動得簡直肚破腸流，開口卻問了一個煞風景的問題：「這些東西都是要一起火化的嗎？也太浪費了吧！」

唉，我真是無可救藥了。但我也很清楚，儘管我深愛著我那些浪漫的朋友們，然而接下來的人生，我還是會選擇務實這條路。如果我看了太多書就會陷入混亂，那麼就讓我放棄追求閱讀量吧；如果生命的河道淤積成為陸地，那就當作是一種地景變化吧；人只要活著就會製造垃圾，儘管仍需力行減塑，但也要接受現實、寬待自己和他人，或許這是現在的我該學習的。

回過頭來說，或許，我也有屬於我的浪漫吧？比如每天唱歌給貓聽，或者花了大把的時間不斷修改這篇散文之後卻發現：我還是適合寫詩……這不浪漫嗎？浪漫是否總帶點愚蠢？動物的浪漫大多發生在求偶季，彼時牠們將自己暴露在危險中，搏命鬥毆、大跳豔舞、蠢象環生；植物則是散發出狂野的香氣，招蜂引蝶，或將種子以各種不可思議的方式傳送到遠方……而人類呢，則是一輩子都在做愚蠢、瘋狂且徒勞的事，但，這就是人之所以為人吧？

最後，就讓一位朋友的奇妙發言來為這篇文章作結吧：「隱匿完全不做浪漫的事，這也是一種浪漫。」

芭別檸檬苦甜巧克力塔

離開原生家庭三十三年，在遠方繞了好大一圈，最後又回到當初極欲逃離的地方。但我真的沒想到，這一次的文化衝擊，竟不亞於十幾歲時離鄉背井討生活的時候。其實不光是我，家人也不知該如何對待我這位依靠寫作維生的天降奇兵，彼此都在衝擊中適應與學習。

家人對文學沒興趣，這我早已明白，不過事態比想像中嚴重許多，比方我媽竟認為我只寫詩，沒寫過散文！我弟則是會開玩笑地跟小孩說：「作家就是靠唬爛維生。」或者我媽也會這麼說：「寫作就是加油添醋。」我每次聽到這樣的說法，一股火就上來了，在意識到之前，已經和家人爭論到面紅耳赤！

我寫作時最在意的是無限逼近自我的誠實，即使必須推翻過去的一切也在所不惜，我渴望剷除所有阻擋在真實之前的障礙物，一字一字追逼自己，不肯絲毫有所欺瞞與妥協，可是這樣的我，竟然被說是「唬爛」、「加油添醋」，我怎麼能接受呢！可是爭辯過幾次之後，我發覺家人無法理解我的怒氣，偶爾還是會重複類似的說法，於是我便放棄了。

起先是自我隔絕於孤寒峰頂搞自閉，認為毋須強求家人理解，但不久之後我領悟到——其實，這只是一種文字迷障而已，家人們完全沒有貶義——因為他們認為能靠唬爛維生也是需要某種超能力的，而在文字上加油添醋，對他們來說甚至可算是一種讚美，因為在他們極短暫與文字相處的求學過程中，受到的教育都是「作文需要華麗的修辭」。再加上愛開玩笑的家族基因，於是他們將此形容為「唬爛」與「加油添醋」，這不是他們的錯，當然為此而受傷的我也沒錯，只是，根本沒必要在意，因為我們使用的是不同的語言，居間的翻譯系統更是謬誤百出。

總之，我不再為此而崩潰了，最多就是說：「屁啦！」但我開始有意地將每一筆稿費、授權費、評審費等等的收入告訴我媽，當然不是為了誇耀——這點金額有什麼好誇耀的——而是想讓她安心一點，因為對她來說，所有事物都必須標價，才能明白價值何在。另一方面也是要強調：我還是有工作的。因為她老是有意無意地將我歸類於失業人口，顯然我的收入不能算是一份工作，而老人家對收入不穩定的焦慮，不時從她言行中流露出來，那焦慮甚至曾影響我，險些將我淹沒，讓我不禁一再喟嘆：社會這隻巨獸是如何地將人們馴養成向錢看的機器。

某天，我的好友開車來台南找我，那天我媽剛好住我這邊，我們也就一起聊天。朋友聰明幹練，有房有車，而且不像我總是灰撲撲的，她打扮得光鮮亮麗，看起來神采煥發，讓我媽打從心裡喜歡且佩服。慢慢地，我們發現我媽將話題聚焦於對她的百般讚美，以及對我的種種貶抑之上，話題愈來愈像一支又一支的利刃，朝著我飛來——讓我萬箭穿心！我想我的臉色應該已經從發綠開始轉黑了吧？但我那白目的娘仍一無所覺。我的朋友非常不好意思，她緊急攔下幾乎攔不住的我媽對她滿口的讚美，試圖強調我的優點，但這真的很難，好不容易她說出：「伯母不要這麼說，隱匿會寫詩，我不會寫詩啊！」

聽到這句話，我媽停歇三秒，從鼻孔深處哼出一口氣，大大地翻了一個白眼，嘴角輕蔑地撇到天邊去了：「哼，會寫詩……又沒什麼！」感覺「沒什麼」後面還有兩個字沒發出聲，但我和朋友都聽得一清二楚：「屁用」。當場我有如一個屁被排出，瞬間消失於空氣中……朋友對我投以萬分同情的眼光。

那天晚上，我痛哭了一場，我將自己導入最悲涼、最陰森的那座塔尖裡，以悲劇女主角之姿度過幾個自傷自憐的日子，之後，等到我終於願意面對時，我也清楚看見了這件事的真面目——其實事情再清楚也不過了，這只是母親對子女的愛，以她長期缺乏安全感而導致的焦慮呈現出來，如此而已——當然，還要加上我媽那前無古人後無來者的白目。

讓我試著將她沒說出口的話寫下來：「女兒的好朋友啊，你這麼聰明優秀又會賺錢，有車子有房子，還會玩股票，你要不要教一下我家的傻女兒？她什麼也沒有，窮到要被鬼抓去，就連一台腳踏車也是我淘汰不要給她的，真的是太可憐了，只會寫詩又不能賺錢，我好擔心她以後會餓死，如果我不在了，她該怎麼辦？」大概就是這樣。

後來有一次家族聚會，家族中的教育家妹妹提到教養小孩必須因材施教，要看重每個人的才華、鼓勵他們往有興趣的領域發揮⋯⋯，我趁著這個話題，便將媽媽在我朋友面前嫌棄我的事情說出來，我講完家人們全都臉色大變，轉頭責怪我媽，接著我便尿遁了。

回座位時，我媽故作嘻皮笑臉地讚嘆道：「哎喲，我怎麼這麼棒啊！生的小孩每一個都這麼優秀，一個很會賺錢，一個很會教小孩，還有一個這麼會寫文章！」說完眾人取笑她一番，如此這件事也就過去了。

現在想來，我和我家人都很不容易，我們雖然是血親，但顯然來自不同星系，不懂文學，就連審美觀也相差十萬八千里，完全無法溝通。或許，天上有某個傢伙太無聊了，祂決定要找點樂子，所以將許多不同的人種放在同一個屋子裡。而我只希望能保持冷靜，從巴別塔中走出來、破解語言的迷障……不過，只要我媽說一句：「你的審美觀和大家都不同。」我就會像被按到按鈕一樣暴跳如雷：「拜託我本業可是學設計的，你這個穿大媽紫外套的人怎敢跟我提審美觀！」……我可以想像，這樣的我，一定給天上那傢伙帶來莫大的樂趣吧？真是太可惡了！

成為能付錢的大人

「等你長大就能自己付錢錢了喔！」

在餐廳結帳隊伍中，一個客人將他的小孩高舉至櫃檯前，讓他柔軟的小手觸碰檯面，接著，那位爸爸涎著笑臉，驕傲地環顧四周，顯然期待著能得到圍觀者的某些回應……

那麼，我該說些什麼呢？是讚美小孩豪可愛嗎？還是稱讚他的教育方式好棒棒呢？——恭喜，此後您的孩子將會以「能自己付錢」為人生目標，努力長大喔！——儘管不明白為何會對這樣尋常的畫面感到如此巨大的反感，但我毫不掩飾地翻出我的大白眼，並將臉孔轉到天邊去。

除了不願繼續看著這位父親的嘴臉之外，我更加無法直視這孩子無辜的眼睛，因為我那氾濫的想像力，已將他的未來完整地描繪出來了——那是遍布哀傷與挫折的一條路，孩子的童心與天性不斷地被壓抑與扭曲，而在路的盡頭，他將長成和他的父親同一個樣子——天哪，我真無法繼續想下去了，儘管與我無關，我卻抱有罪惡感，就像這孩子是我生下之後遺棄的，而現在我只想逃走，就像是我堅持不生孩子一樣地逃走、逃走、逃走……

輪到我結帳時，我媽突然從旁冒出，豪邁地將鈔票拍擊於櫃檯之上，就在我瞠目結舌、來不及阻止的瞬間，她已結清了款項！我無法忍住怒火，在櫃檯前和我媽展開爭執，最後甚至連老闆都出來打圓場了……回想起來，我當時說的話是多麼地可悲又可笑：「你這麼做整間餐廳的人都知道我沒有能力付錢！這樣我很丟臉你知道嗎？」

「這是我們在你身上發現的第二種癌。」

當醫生這麼說的時候，各種念頭像跨年煙火一樣在我腦子裡全面炸開來——怎麼可能？我不相信！我這麼養生怎麼會這樣？我可是有機商店的常客耶！我可是每天睡滿八個小時耶！我驗血結果可是沒有紅字欸！難道說這樣還不夠嗎？難道我真的做錯了什麼嗎？難道我就要死了嗎？我果然還是無法照顧貓咪到最後嗎？——我不知所措，失去了語言和表情，只知道必須用盡全力才能阻止眼淚掉下來……然而，有個奇怪的想法從這些亂七八糟的思緒中浮現，似乎，最讓我震驚的並不是罹患了第二種癌，而是——我竟然會有這些和一般人一樣的反應——竟然！

十年前在另一個診間，當醫生宣判我罹患乳癌時，不只臉上，我就連心裡也是波瀾不驚的，因為我早就知道了，甚至有意拖延病情，妄想可以就此告別人世。

十年後，和第一種女性最常見的癌不同，這次我罹患的是極罕見的「胸腺癌」，據說罹患率只有十萬分之一（另一說法是十萬分之零點六）。第二次罹癌，照理說應該比第一次更加鎮定，不是嗎？誰知我反而有如晴天霹靂一般，可見我在此之前完全沒想到，就算已經做了許多檢查並且手術切除腫瘤，我仍相信自己不會有事……這樣的反應，代表此刻的我，深信自己的生活方式是好的、正確的，並且在安穩愉快的生活中，忘記生命本來無常，什麼時候突然發病、讓老天爺收回，都是可能的，這是以前的我早已明白之事，然而此刻竟然忘記了——竟然！

在二度罹癌和我竟然變成貪生怕死之徒的雙重打擊中，我踉蹌離開醫院，並決定走路回家，因為走路可以幫助我整理思緒。我刻意繞進老樹林立的大學校區，從龐大樹冠層篩落的點點陽光、鳥雀啼鳴和青春期的學生喧鬧中走過，儘管都是些躍動的事物，卻共同構成了一種安定人心的景象。

雙腳輪流踩踏著滿地落葉，發出好聽的聲音，我慢慢冷靜下來，試著把體內兩個主要人格分開來，情況大約如此：一位豁達睿智的長者努力勸解另一位任性愚蠢的屁孩，內容無非就是重複過去早已明白的那些，沒有新的道理，目的只是要將賴在地上的人格拉起來，再一次校準自己的座標，回到本來即是的那條路上……終於，當我再次確認無常即是常態時，我的心稍微安定下來，也真正接受了這個事實。

接著，我更進一步地發現，原來卡住我最深的點，仍然是那不可靠的因果論，亦即——我離開壓力過大的工作，過著輕鬆愜意的生活，便可以保證健康——可是一旦這個公式遭到無情的推翻，我便不知所措了，因為這表示沒有可以遵循的規則，也就是說這個世界根本不講道理。可是，這世界的道理和人類所想的本來就不一樣啊，為什麼一旦生活安穩，我就忘記了呢？

然而，當混亂的思緒一路走到這裡，眼前突然出現一道光亮！對了，我太震驚以至於忘記醫生說的話了——胸腺腫瘤其實是每個人小時候都有的組織，一般人過了青春期便會萎縮、消失，但不知什麼原因我的卻沒有，並持續在胸腔內茁壯，終至於演變成癌——這表示腫瘤是早就存在的，只是過去一直沒有被發現而已！若是這樣的話，就不是現在的生活方式有問題了吧？這世界多少還是講道理的吧？

而這次能發現完全是巧合，我的乳房外科醫師在年度追蹤報告中，發現乳房有個可疑的點，於是讓我做了斷層掃描，結果出來之後，醫師確定乳房沒事，但是胸腔內卻有個不該存在的東西，於是轉診胸腔外科，這才將病情暴露出來。

根據手術後的化驗顯示，這顆腫瘤儘管只有兩公分，卻已遭癌細胞入侵，如今恰巧到達可醫療的臨界點，只要再過一些時日，癌必定會繼續壯大，等到出現症狀，便已是末期了，而這種罕見癌的末期，根本無藥可醫，通常會直接宣布放棄，然而，我竟然在最後關頭發現了，這是多麼的幸運！……總之也就是這樣，我的思緒一路急轉直上，於是當我步出美麗的校園時，簡直就要跪下來叩謝宇宙天地和細心的醫生了！

而後有幾天時間，我讚嘆命運精巧的安排，並相信如此驚險地撿回一條小命，必定是因為老天爺對我仍有期許，必定是我有重大的使命未完成，甚至回想起年輕時有一次，莫名地臨時改搭別的車，因此避開了重大的交通事故，後來我也為此而激動不已，彷彿人活著真有什麼意義，而我正是那個被挑選的人……就這樣我忽而落入罹癌的悲傷中，忽而又進入天選之人的狂喜狀態，直到現實中各種麻煩事不斷打擊我，才總算恢復了平常心。

我再次統整並說服了體內的每個人格：不管是病或健康，都不保證明天必然到來，此刻日子繼續，或許只因業障太深，該吃的苦還沒完，如此而已。說不上是歡喜或悲傷，或許唯有兩者合一的時刻，才是真正的活著吧？生命是永遠的問號啊——

神子的容顏

多年以前我去過一趟義大利，至今仍念念不忘。大約因為當時沒有太多旅行經驗，一下子就去到那個藝術與美食的熱情國度，恍若一個美麗的夢境忽然現身於現實中，太令人難忘。還記得當時依依不捨回國之後，起碼有兩個星期之久，每個晚上都夢見又回到了那裡。

然而到了現在，大多數遊歷過的城市面貌都已模糊了，只有一個地方卻仍歷歷在目，甚至還有益發清晰之感，那是義大利中部一座古老靜謐的小山城：阿西西。

當年，在前往聞名已久的聖方濟大教堂之前，我先參觀了位於阿西西城郊的玫瑰花園。

我聽說天主教的傳道聖人聖方濟，年輕時曾經歷過一段放浪形骸的日子。某夜，他被肉體的慾望煎熬著，從燠熱的家裡跑了出來——他苦悶、煩惱、自我折磨，甚至感到無法度過那一個漫漫長夜——他在阿西西的鄉野之間無狀狂奔，漫無目的、不知何去何從……直到他發現了那一座玫瑰花園。他凝望著那些美麗的花瓣與伴隨其後的尖銳棘刺，突然縱身一躍，跳進了玫瑰叢裡打滾，目的是要藉著荊棘刺身的痛楚來警醒自己。

那裡的玫瑰從此不再長刺。

接著我來到了聖方濟大教堂——和我之前參拜過的威尼斯、米蘭、佛羅倫斯、羅馬等地的華麗大教堂完全不同——那是一座樸素而安靜，帶著中世紀神祕感的米白色長方形教堂。因為早聽說此處有喬托那號稱「歐洲最壯麗壁畫」的曠世鉅作，主題是聖方濟求道的一生，於是我便先到二樓去參觀了。

特別引起我驚嘆的不是它的「壯麗」，而是它濕壁畫的畫法。不同於其他常見的馬賽克壁畫（看起來像油畫，找不出鑲嵌的痕跡），濕壁畫是在水泥乾掉以前就得勾勒上色完畢，看起來像水彩，事實上並不壯麗，但因為我本身學畫，當時仍以此維生，特別能感受那高難度。

那必然需要高度專注力以及最虔誠的心，再加上完美的技巧才能做得到。我們可以想像畫者必然得經過長期不間斷的摹想練習，那練習必然得臻至於呼吸一般熟練自然，而後才能達到這種成績！

我在驚嘆之中緩步走下階梯，而就在關於宗教力量引發人類潛能的一陣胡思亂想中，我才真正地進入了教堂的心臟。

至今我仍記得非常清楚，當時我傻傻地在教堂內站了好久、好久，我不斷地抬頭仰望著挑高的深藍色屋頂，那是一種極深刻、極樸素的藍，無數的金色星星閃爍其上；每一重天的邊緣都圍著一層弧形樑柱，一重天、一層弧形樑柱，一重天、一層弧形樑柱……重重層層、疊沓繁複，彷彿永無休止；然而當我極盡目力，想往最盡頭處看過去時，卻被那些弧度完美、巧妙連接的樑柱給弄得暈眩了起來！明明乍看之下很簡單的拱形屋頂，一旦我如此認真地仰望之後，卻居然像是可以無窮盡地延伸至宇宙邊際一般！

而接下來發生的狀況，直到今天我仍無法解釋。或許是出於對宗教力量的讚嘆？也可能是面對此建築而產生的謙卑之感？當然也可能我的確受到了某種神祕的感召？我突然進入了一種奇妙的狀態——我感到出奇的神智清明，彷彿在人生道路上始終遮蔽著我的迷霧被掀了起來，回想起過去種種煩惱與虛妄的追求，此刻顯得如此的無聊可笑……那時，彷彿有一陣風從過去吹向未來，而我正站在其中的一個點之上，那個渺小卑微的「我」，在被尋獲的同時也被消解了——

我全身發抖，感到一種強烈的戰慄與畏服，我想，所謂的宇宙之大，其實不出此間吧？

當我仍處在這震撼裡無法言語的時候，一位年輕（且俊美）的神父從教堂的另一端緩步走了過來，一襲黑袍微微擺動著，而那長袍的黑是如此徹底，幾乎就像是永夜降臨——他什麼話也沒說，什麼多餘的姿態也沒做，但是教堂內即將被遊客們騷亂起來的空氣，卻像是被他黑色的身影熨燙過一遍似的，突然靜止了下來——

我不由自主地屏息凝視著他，無法移開視線，想必是因為感受到奇怪的目光吧？一路走來都是垂眉斂目的他，經過我身邊時卻抬起頭來看了我一眼，雖然僅有極短暫的一剎那，但我似乎看見他平靜的眼底迸出了些許火花，而當時仍年輕的我則感覺到，整個宇宙也為之而搖晃了一下——就這樣，我那美妙的神啟經歷，瞬間便化為一齣庸俗肥皂劇。

我想起米開朗基羅最廣為人知的那座「聖母慟耶穌像」。在我十五歲第一次看見圖片時就為之而瘋狂，一直到十八歲，我在美術學校裡學畫，都脫離不開這雕像的影響。我不斷地描繪這兩位年輕貌美而悲鬱者的形象，我著迷於聖母那悲憫而低垂的眉眼，以及耶穌臉上那為痛苦所糾結，然而俊美更勝平常的五官，甚至連夢中都曾出現過他們的身影。然而，當時我其實不曾（或不敢？）深入去思考這件事，那就是：他們在我心中究竟是不是母子的關係呢？

直到我走出校園來到義大利，也在佛羅倫斯瞻仰過真蹟之後，卻仍未能發現到這一點，必須一直等來到了這座教堂裡面的這個時刻，才突然頓悟了：原來我之所以不能忘懷這個形象，是起因於我對美好肉身的癡迷，一直以來，其實都與藝術或宗教不是直接的關係。

其實米開朗基羅在年輕時也有同樣的癡迷，雖然到了中晚年以後，他也曾雕塑一些面容模糊，像是從一片渾沌中脫拔而出的聖母子像，然而這些，十幾歲的我並不能欣賞與了解。

讓我們回到教堂內吧。那時的我啞然望著年輕神父漸去漸遠的身影，而他的臉，就像我一再描摹的耶穌像，年輕俊美，承受著人類全體的苦慟與罪。而那張臉，讓我忍不住揣想起這些苦行者的心境，這也是我極感興趣的部分，關於他們的三個戒律：貧窮、清修、服從。

究竟是為了什麼？一具具年輕、炙熱而飽滿的肉體，願意選擇一種違背動物或人類本性的生活？我想，當他們迷惘的時候，必然會以手指摩挲打了三個結的白色腰帶，他們也必然會以此代表的三個戒律不斷警醒自己。然而即使神聖如聖方濟，他也還要在夢魘中驚醒，苦痛於體內不能平息的慾望，以致要奪門而出，於夜色中狂奔疾走，去尋一叢玫瑰的刺，並且必須藉助於肉體的刺痛與流血，靈魂才能得到重新的洗滌……這是多麼艱難的一條路呀！反之，我回過頭來看見自己，對於宗教的虔敬與好奇心，居然還得靠著對年輕俊美的苦行者的綺麗幻想才能出發？我也真是夠了。

當年我回到台灣不久，那座教堂便因地震而遭到嚴重破壞，部分拱頂坍塌，花了兩年時間才修復（這被歸入我帶賽歷史中的一件）。當時教堂裡無法拍照，而我在多年後上網查看照片時，雖然仍依稀能感覺到當年在藍色拱頂下的震撼，但那樸素的深藍似乎已不復存在，因為照片中看到的和我記憶中的已經完全不同了。當然，也可能是我記憶有誤差吧？

但這件事有個讓我悸動的尾聲，我敬愛的法國思想家西蒙・韋伊，她曾在阿西西另一座教堂「天使之后聖殿」獲得宗教狂喜的體驗——阿西西這麼小，且是聖方濟出生的聖地，我完全理解相近人格的韋伊會在此地有所觸動，和他們比起來，我心靈蒙汙、腦漿混濁如屎，卻也和他們有了意外的重疊，我深感榮幸，簡直要為此而振奮起來，重新做人。

樟樹林蔭下的那家書店——告別敦南誠品

一九九七年，我還年輕，很幸運地找到了台北市東區的工作，且公司樓下就是敦南誠品，更幸運的是，當時它也還年輕。

我這個鄉下來的土包子，突然間落入了時髦的東區，滿街男女的時尚穿搭，舉手投足間散發出來的潮味或文青風，對我來說都是極大的文化震撼。我記得當時我很在意自己一身土味，說話還帶著彰化腔。

公司第一年尾牙時，我看見一位女同事從洗手間出來，突然就換了新髮型，我大吃一驚，並坦率地讚美了她，完全不知道原來她只是戴了一頂假髮。隔天，我如廁時恰巧聽見洗手台前的對話，那個女孩將這件事告訴了同事，她們兩人毫不留情地將我取笑了一番，那時我一直躲在隔間裡，等到她們離開才出來。

這樣的我，卻在敦南誠品的書店區得到了安頓。我上班前、下班後，以及午休時間，幾乎都待在書店裡。那時我買書不手軟，且買了書之後，還會再點一杯咖啡，坐在靠窗的位置，癡癡地看著窗外的樟樹和鳥雀，至於看書和看人，則較為次要。儘管如此，因為待在那裡的時間太長，我幾乎見過了所有我私心仰慕的作家或藝文界人士，我觀察他們和同行的朋友，注意他們都看了哪些書？有沒有買書？或者讚賞著他們接到電話時退到角落去小聲說話的樣子……

當時我雖然喜愛閱讀，卻還沒找到詩，因此惶惶終日，不知何去何從，只好拚命購物，我以為只要將名牌的衣服穿在身上，就可以將我的土味去除。因此，儘管收入不壞，我卻是個月光族，每到月底，甚至連吃飯的錢都沒有。那時同事可憐我，經常把加班的便當送給我吃。

因此每到月底，我就在敦南誠品看白書，有時連續幾天午休時間，我翻讀一本小說或詩集，等上班時間到了，便匆匆地將書籤夾進尚未看完的書頁間，第二天中午再來的時候，書籤總是還在同一頁。

我也經常參加誠品的活動，展覽、小型演唱會、誠品講堂等等，我還買了第一屆女性影展的套票，至今我仍深深記得當時的課程和影片帶給我的震撼，好幾次當我從深夜的仁愛路圓環走路回家時，感覺星星都被擦亮了，世界煥然一新。

那時公司的工讀生曾拜託我幫忙寫作文，題目是：〈我最喜歡的地方〉，當下我毫不遲疑、大筆一揮，寫下我最喜歡的地方就是敦南誠品，以及它的千萬種好處。當我寫完，工讀生同事看了只能大翻白眼，她說：「拜託，你真的很喜歡誠品耶！可是也寫得太誇張了，這樣我會被老師懷疑的啦！」

很快地，時間來到了二〇〇〇年，我經歷過一次可怕的失戀（無法進食、體重來到人生新低），接著是九二一大地震（獨自縮在租賃的屋子裡哭泣），然後是一連串沒完沒了鬼打牆似的車禍，直到最後一次，騎機車趕上班的我遭轎車正面衝撞，我高高飛起，掉落在馬路正中央，失去了意識……當我醒來時，第一眼看到的就是樟樹，早晨的陽光從層層疊疊的樹葉間漏下來，溫和地灑在我臉上。

在暈眩中，我試圖起身，但身邊已圍滿了人，許多人大聲喊叫著：「叫救護車！」、「把她的安全帽脫下來看有沒有外傷！」……不可思議的是，在那次車禍之後，我彷彿被打通了任督二脈，變成了另一個人——我開始寫詩，從傷痛中走出來，並徹底放棄了購物的嗜好，至今仍穿著二十多年前買的衣服。

世界由此轉了彎。幾年後，我在淡水開了書店，從起初的熱情洋溢，到逐漸被各種壓力壓得喘不過氣來，除了店裡的講座，我不再參加別處的活動，甚至不想踏入台北城一步，當然我也沒再去過敦南誠品。直到我出了第五本詩集，出版社詢問我是否願意到敦南誠品去寫詩？據說他們會準備背板，我只需過去寫下一首與書店相關的詩即可。

考慮了一個晚上之後，我答應了。其實若是平常的我是不會答應的，可這次是對我具有啟蒙作用且即將歇業的敦南誠品，如果不把握機會再去一趟，我馬上就要搬到台南，可能今生就無緣再見了。

那天傍晚，當我再次回到敦南誠品，因為街景變化太大，我太緊張，竟然在滿天的晚霞中迷路了。匆忙趕到書店時，並未出現想像中的感傷情緒，只有無盡的慌亂，笨拙的手寫字在印著我照片的背板上，愚蠢地往一邊歪斜……寫完詩我冒出一身冷汗，和書店店員以及出版社編輯道別之後，茫然地繞過百貨公司般的書店區，像被什麼力量推動似的，我竟沒有停留，直接踏出了大門。

然而當我走到前門廣場上，仍是駐足了好一會兒，仰望著那棟熟悉的磚灰色建築，至少它還在，也依舊好看、內斂、有品味。我曾多次和朋友坐在階梯上聊天，我曾在此等候過各式各樣的人，包含收租的房東和情人，然而現在，對我深具意義的兩家書店——我自己開的書店和敦南誠品——都要結束營業了，甚至就連那棟建築也要被拆除。

我想起人們總喜歡穩固不變的事物，卻沒想到世界竟建築在沙之上，而行走其上的我們，以及我們的所愛，如夢又似幻，曾不能以一瞬。然而，告別一家書店和自己的青春，我沒有太多感傷，僅有滿滿的感謝。

每個人心裡都有一位李家寶

天心姊的《獵人們》我讀過好幾次，每一次讀，都處於不同的心理狀態和地理位置，當然對書中細節的領略也不太一樣，唯一相同的是——每讀到〈李家寶〉那一篇必淚崩——沒想到這一次，〈李家寶〉竟由阮光民先生畫成了漫畫，儘管在拜讀之前我已做好萬全的心理建設，相信自己這一次絕對不會掉下一滴眼淚！然而沒想到，結果仍是一樣的——

或許可以這麼說吧：「讀朱天心〈李家寶〉而不墮淚者，非貓奴也。」

初識天心姊其人，是在二〇〇八年的一場活動中，那天朱天心、朱天文、舞鶴、房慧真、台灣認養地圖的KT，以及一年後在餵貓途中因車禍離世的忽忽姊都在場，當然還有許多淡水街貓志工們，將小小的一間書店擠爆了，眾人聲淚俱下地為當時被捕抓當廢棄物處理的街貓們請命。

坦白說，我本來並不看好這場活動，我認為這只是一種愛貓人圍聚取暖、舔舐傷口，明知不可為而為之的徒勞之舉而已。而在活動前的聯絡事宜中，我發現這事的主謀即是天心姊，這完全符合我從小讀《擊壤歌》留下的印象：一位嫉惡如仇的淑世主義者。因此儘管不抱任何期待，我仍全力支持他們，也認為此登高一呼是徒勞卻必須的。

萬萬料想不到的是，天心姊竟找來與她同一天生日的當時台北縣長周錫瑋，周縣長聽完眾人陳情之後，深深一鞠躬，承諾要修改過去只要有人通報即可將流浪動物捕抓處理的陳規陋習，且確實做到了。

這……怎麼可能呢？簡直就像唐吉訶德終於戰勝了風車，卡夫卡的主人翁獲判無罪釋放一樣吧？當時所有愛貓人都彷彿做了一場好夢，且深怕一不小心就從這個夢中醒來。

經過此役之後，儘管我什麼力也沒出，光是照顧身邊的街貓即已不成人形，但天心姊卻仍將我視為好友——或說是在動保這條路上的戰友吧？——她竭盡全力地支持我和我的書店，每次來訪購書時，那一大疊又一大疊的書放在櫃台上，總讓我這數學白癡按計算機按到兩眼發直。更別說是我出書或出貓咪桌曆（所得用於街貓）的時候了，這時她必定攜家帶眷拖著碩大的行李箱前來載運，並將這些書與桌曆分送給她認為會關心流浪動物的朋友們……直至我因病而無法繼續經營書店，搬到台南之後，她仍記掛著，並將從另一位戰友處購得的油畫（所得當然用於貓狗）轉送給我，當作新居賀禮。

就是這樣一位披著戰袍然而內裡無比柔軟且根本是哭包的人，當她的愛貓過世甚至會一夜白頭的人，這樣的人，竟然曾做出將李家寶轉送給朋友，而導致愛貓灰心喪志鬱鬱而終的事……我根本不敢想像這事曾在天心姊心中烙下怎樣的傷痕。

而曾經被她謬讚為敢言、直言的我，同樣寫過許多貓咪文章的我，其實心裡仍藏著一個說不出來的故事——那是屬於我的李家寶，有著類似的情節和淚水——我其實是這麼想的，我後來之所以會與一百多隻貓建立情感，為牠們肝腦塗地，那都是因為對我的李家寶的虧欠與贖罪，甚至是報應，但我竟至今仍無法將這個故事寫下來……或許也就因此，每讀〈李家寶〉必淚崩，即使是漫畫亦然。

我可以想像，懷抱著淑世情懷的這位戰士，只要有任何一丁點讓人族改變的可能，都會披掛上陣的天心姊，肯定很珍惜這次改編成漫畫的機會，為的不是求名求利，為的甚至不是文學（儘管這本書確實是文學且是動物文學中的翹楚），我猜想，天心姊該是認為改編成漫畫更能接近群眾，更可能打動另一族群堅硬的心，進而或許、也不是沒有可能，讓更多人能體恤流浪動物的處境，且伸出援手……誰說不可能呢？好吧，就算不可能，有些事我們仍然必須去做。因為唯有將自己投入烈焰之中，唯有曾經置身於死地，才有可能生出——新的勇氣。

寫到這裡，我的眼前浮現出多麗絲・萊辛在《特別的貓》裡的這段話，這段話，切切實實地總結了貓奴的一切：

「牠對某人的信賴，牠那真摯的愛，曾遭受過嚴重的背叛，讓牠再也不敢放膽去愛了。

在我與貓相知，一輩子與貓共處的歲月中，最終沉澱在我心中的，卻是一種幽幽的哀傷，那跟人類所引起的感傷並不一樣：我不僅為貓族無助的處境感到悲痛，同時也對我們人類全體的行為而感到內疚不已。」

文學朱家與庄跤囝仔

近期熱映的文學朱家紀錄片《願未央》和《我記得》，喚起了許多我早已遺忘的童年往事。

當《擊壤歌》熱潮席捲全台時，我正值國中叛逆期，身在連書店都沒有的小鄉村，唯一的娛樂是搭公車前往鄰近的小鎮逛書店。那時，身邊完全沒有文學同伴的我，毫不意外地被這本書給打中了！那就像是在長期的迷航之中，確實無誤地看見了指引方向的北極星。別人可能無法想像，一個文化荒漠裡的國中生，知道不遠處的台北存在著這樣的文學家族，是多麼重要的一件事，因為那代表著我渴慕的世界並非虛幻。

後來我國中畢業到台北念書，立刻假公濟私地在校刊編輯社提出要採訪朱天心的建議，眾人不置可否，但也不打算協助，於是我循著《三三集刊》上的號碼打電話到朱家，接電話的是唐諾，我全無困難地便得到許可，並約定好時間。然而，採訪當天出現許多意外：預定主訪的學姊和攝影師都沒有出現，當時沒有手機可聯繫，但我買了一大束花已將所有的錢都花光了！我只好打公共電話給他們說我會晚點到，接著我拿著那束花去向房東借錢，再火速搭了計程車趕赴嚮往中的文學朱家……

結果當然是一場糊塗，我緊張得半死，也根本不會發問，錄音機中途壞掉，還是唐諾先發現的……如今我只能說，很感激天心和唐諾對我以禮相待，否則那時隱藏於體內的文學種子和對人的信心，真的有可能會枯萎死滅。

那天當我抱著一大束花到達朱家，客廳裡確實就如我想像的，是滿滿的人、滿滿的花，我的白色花束放進其中，就像海上的泡沫一般。而當天讓我印象最深的則是劉慕沙女士，她穿著睡衣、抱著枕頭，從一大群文藝青年中間跑過，落下了一串爽朗的笑聲，讓我感到安心了許多。

後來我也像許多天心的讀者一樣，對於她日漸強烈的政治化書寫感到困惑，有一段時間不再追讀新書，直到《古都》出版，當時已在台北東區上班的我終於還是買了一本，並於午休時間坐在咖啡館閱讀，此時，我感覺到身後有人駐足，且我非常強烈地感覺那就是天心！後來籠罩在書頁上的人影越過我向前走去——真的是她！我想這該是某種啟示吧？或許意味著我們的緣分未盡。

但我真是怎麼樣也想不到，當我開了書店，開始照顧一群街貓，最後竟有機緣和天心及家人成為好友，或許更正確的說法是「貓友」吧。而小時候崇敬的文學家族突然變成像是鄰家兄妹一樣，不時來訪，且不遺餘力地支持著書店——帶著行李箱前來買書，或者攜家帶眷偕伴而來，每人辦一張「河親卡」（付費的會員），任憑我百般阻止亦攔不住——我的感動與羞愧同時湧現，根本不知如何表達對他們的感謝。包含朱家的朋友之一，住在淡水的舞鶴，更是不時地會從樓梯間冒出頭來，每次就問：「啊我的河親卡到期了嗎？我要續卡！」……這樣的溫暖情誼，是我在淡水的十一年來極大的支持。

因此，極少看電影的我，說什麼也得上電影院看看這兩部紀錄片。我喜歡這兩部片的樸素，沒有過去經常讓我受不了的一些文藝腔的空景（比如光影凌亂的舞者亂入，或者花瓣飄落於水面之類的），更美好的是，《願未央》裡朱西甯和劉慕沙的愛情，延續至《我記得》裡的朱天心和唐諾；而上一代的慷慨好義，也同樣地延續到了子孫輩。

兩部片的情緒都很平穩，提及已逝的父母，沒有人哭天搶地，就連朗讀他們過去的情書時，也只有輕鬆和愉悅，遇到太露骨的情話時且忍不住噴笑：「呃……這還要念下去嗎？」兩部片中唯一的眼淚（他們和我的），毫無意外地出現於一隻虎斑貓的離世。

除此之外，幾乎要讓我落淚的一段是天文和舞鶴行走於淡水河岸步道的背影——那熟悉且想念的河與沿岸小店，狂風將他們的衣角裙襬高高揚起，兩人倚靠著岸邊扶手，幾乎要被風颳走的那種憨傻的表情——這樣的畫面，和早已鐫刻於我心裡的永恆的畫面疊合起來了，我深感震撼，而也是因為這樣的觸動，我才發現我對淡水的情感，原來不僅是美景或貓，也建立在過去許多溫暖的情誼之上。

在《我記得》片中，天心有一段話向《擊壤歌》時期的讀者致意，大意是說：過去她說過那麼多堂皇的大話，如果曾經有人因此而受影響，甚至因此而改變了他們人生中的某項決定，除了抱歉之外，她並且自認為不該過得比這些人還好。

其實，我正是這樣的讀者之一，我確實因此而改變了人生，細節難以描述，只是，我已非常多年不敢重讀《擊壤歌》了，但說真的，在我心裡始終無法將天心姊和小蝦合而為一，我始終將之視為完全不相干的兩人，或許是因為我和國中時的我，也早已是不相干的兩人了吧？而我最喜歡的天心的作品，是與貓有關的那兩本。

在天心和小蝦之間的模糊地帶，或許就是我對這個世界仍然抱持的疑問與好奇吧？彷彿因為這樣的不可解，於是願未央，然而又因為我記得，因此才能繼續把未完的路走下去吧。

偶然與必然，蝶影與桂花香。

我和夢蝶周公的緣分很淺，只見過四次面，都在有河book書店。第一次是在某個假日午後，幾位女詩人簇擁著周公而來。我還記得那天天氣好，周公心情也好，談話的興致很高，圍繞他而坐的女詩人們也都興高采烈的。周公的一杯咖啡要加六包糖，每次奉命再拿一包去的我，卻始終羞澀，不敢與之攀談。而後日影西斜，周公臨走前，我送他一本有河周年紀念詩刊。

不久，竟收到周公寄來的兩本書！送給我和686。兩本都用他那漂亮的毛筆字落款、題字，用印則是那枚最可愛的：一毛毛蟲耳。再不久，我的第一本詩集出版，當然快速寄給周公，然後也就遺忘了此事。

又有一天，也是個好天氣的假日午後，書店裡正舉辦一場新書發表會。突然，周公飄飄然推開玻璃門而入！全場所有人都驚呆了！周公則一副理所當然的樣子，直直向我走來，問：「你就是……」我趕緊接話：「我就是隱匿。」他點點頭，將手上的卷軸交給我，然後便說：「我要走了。」說完竟也真的轉身就走，滿場參加活動的朋友們試圖挽留，卻不可得。通常反應很慢的我，這時只想到有河的樓梯間又陡又窄，不能讓老先生自己走，當下便過去攙扶他。

那一攙扶我才知道，周公有多麼瘦啊！太瘦了，好像那厚重的衣衫之內別無他物。我忍不住抓得更緊，突然又錯覺自己幾乎要將周公抬起來了，於是又放鬆了點。那真的就像是手上握著一隻單薄的蝶，不管多麼小心，都要弄傷的。於是短短一段樓梯，就在我忽弛忽緊的抓握之間，走了好久。直到終於走到樓梯盡頭，雙腳落實於地面上，我才鬆了一口氣。周公站在河岸步道上笑著向我道別。他的右側是他曾看顧多年，至今不變的淡水河和觀音山，左側則是他或許還不習慣的遊客與喧鬧的叫賣聲。當然那天無雨，然而他的身影就像穿過雨的縫隙之間，而後，逐漸被現代的聲色所淹沒了。

打開周公送來的卷軸，約一公尺寬的橫幅上密密麻麻寫滿了字！眾人一陣驚呼：「這是墨寶啊！」起初我也滿足於此，但後來琢磨再三，終於琢磨出周公對有河書店的珍貴情意，其中最令我感動的是，周公對我的筆名和本名的再三演繹與叮嚀。

從湯顯祖園林春色，寫到裴迪的詩，接著寫晦堂禪師答山谷聞木犀的公案，最後以歐陽修多讀書作文作結，意在勉勵我多讀多寫（須盡邱壑美），莫走上隱逸之路（莫學武陵人）。第三段，也是我最喜歡的一段，桂花香就像是要溢出於字裡行間似的。最令人驚奇的是，其實我的第一個筆名就叫：木犀，但這件事周公不可能知道啊！後來有朋友告訴我，原來周公對我的筆名頗有意見，卻很喜歡我的本名。我的本名裡有個「桂」字。

第三次周公來有河，是拍攝他的紀錄片。第四次也是和幾位女詩人一道前來，但我始終因為個性內向，無法與之親近。最近聽說周公住院，我向朋友提起，想前往探病，沒想到，很快傳來周公過世的消息。

我想起周公的紀錄片中有一段，他取出宣紙，極其珍重而緩慢地裁切之後，又琢磨許久，才能落筆。而他寫給有河的橫幅，是在病起之後寫下的，字數這樣多，用情這樣深切，不僅糊裱完成，還親自從新店送到淡水！更何況有河和周公的緣分並不深，他竟如此慎重以對！真不敢想像他對其他人、對詩，乃至於這個娑婆世界，又該有多麼深情！

又或許世間一切因緣，就像周公在詩中不斷寫到的：偶然即必然，突然即當然。牢記不如淡墨。我想讀者對他的離開，也該做如是觀吧？畢竟周公已用他的一生，為詩人豎立了一個鮮明的形象，即使他為此而受苦，但也有歡喜。「像一隻蝴蝶貼緊水面、逆風飛行，而且，幾乎只是影子。」

註：末句為周公語。

虧伊歷山／迌南管

——張鴻明傳人專訪：振聲社郭雅君、林秋華。

收到採訪邀約，主題是獲文化部指定「人間國寶」的南管大師張鴻明（一九二〇—二〇一三），我第一個念頭就是要拒絕，因為我對南管一無所知，可是，我突然想起多年前曾聽過王心心小姐的南管演出，她結合了自身來自泉州的傳統以及台灣的現代詩，創造出深刻靜謐、直指人心的樂音，當時確曾彈響了我心裡的絲弦，讓我詫異著南管或許是最接近詩的音樂吧？而既然曾有這樣的機緣，我想，就讓我先蒐集一些張鴻明老師的資料，之後再做決定吧？

沒想到，當我聽遍了網路上能找到的張老師的音樂，以及與他相關的訪談之後，我深受感動，甚至熱淚盈眶了——由張老師帶頭彈奏琵琶，加上另外三位樂師（傢俬腳）的洞簫、二弦、三弦，中間則是持拍的演唱者（曲腳）——從這一方小天地中傾瀉而出的樂音，古樸而悠緩，起初彷彿若有愁思傾訴，而後慢慢地歸於平靜，如風吹水流，最終只感覺到與樂聲合而為一，欲辯已忘言。

由此我必須收回南管像詩的說法，因為我感覺到南管對老師來說，就像呼吸一樣自然，不張揚、不炫技，甚至也不是演出，而是老師的一種生活方式……有了這些想法之後，一種模糊的使命感油然而生：我想或許能藉由文字感動其他和我一樣陌生的聽眾，略盡推廣之力吧？於是我便硬著頭皮，接下了這個任務。

接著，我閱讀與張老師相關的著作，並持續聆聽網路上的南管樂，然而儘管花費很多時間研究，所知仍非常有限，但也無法強求了，畢竟這是一種幾乎全然獨立的樂種，歷史甚至可追溯到魏晉南北朝，使用的樂器看似和國樂相似，然而不管構造、演奏方式或者樂譜，都是截然不同的；語言儘管不算陌生，是近似於鹿港海口腔的泉州話，然而，要能聽懂亦是不可能的。

幸好，在採訪張老師的學生之前，我有機會現場聆賞，那是在台南普濟殿元宵燈會的活動，有兩百三十年歷史，台南最古老的南管館閣「振聲社」將會在那裡演出，而振聲社的兩位社員，正是我即將採訪的對象。

那天我早早便來到普濟殿壁畫前，看著振聲社社員們在人潮中，慢慢將現場布置起來，當天光逐漸暗淡而樂音揚起，我再一次受到極深的感動。而當天的曲目中，最得我心的是一曲無人聲演唱的指套：〈虧伊歷山〉（亦有歌詞，只是當天為純演奏），最早記載應是晉干寶《搜神記》、南朝劉義慶《幽明錄》，敘述漢明帝永平年間，劉晨、阮肇入天台山採藥遇仙女的故事，只是沒想到天上數日，地上已過千年，當他們返鄉時，竟已是人事全非……當時我似乎真隨著樂音來到了縹緲仙山，儘管周遭人聲鼎沸，遊客享用小吃、小兒啼哭，皆未能破壞這靜謐，而頭頂上夜風吹動各色花燈，明月掩映於後，更添風味。依稀彷彿，真是天上一曲而地上已歷千年，直至最後一顆音符落下，寂靜響起，我才如夢初醒，回返人間。

第二天，我在繞耳餘音中，來到了老屋翻新的振聲社，採訪新任社長：郭雅君老師，以及資深講師：林秋華老師（底下皆簡稱雅君和秋華）。她們是張老師的學生，老師因國共內戰留在台灣，四十年後終有機會返回廈門東園老家數次，她們亦曾隨行。

我對張老師最感興趣的是他的南管啟蒙，雖然在他有「南管巢」之稱的老家，鄰里皆雅好弦管，南管對他來說有如童謠一般，再熟悉不過，但他卻是直到六歲時在宴席間，聽到一位音樂造詣較高的叔伯輩演唱一曲〈不良心意〉，才突然有如天啟一般，驚豔於南管的曼妙悅耳！當晚便再三要求父親指導他學習南管，但父親認為他年紀還小，未曾放在心上，只叫他早點上床睡覺，然而熱血沸騰的他，怎能輕易罷休？仍不斷地拜託父親（這就像小孩在要求玩具一樣啊〉，最後父親只好承諾隔天開始指導他，並從而發現其驚人的天分。

我向雅君、秋華請教這個問題，想了解那天啟般的瞬間與熱情是如何發生的？但她們並非張老師，自然無法代答。秋華想起剛入社的時候，因為她有二胡的基礎，張老師非常開心，將她喚到身邊，以二弦演奏了南管四大名譜之一〈梅花操〉，奏完滿懷期待地問她：「這樣你懂嗎？有學起來嗎？」秋華表示，儘管她學過二胡，但二胡和二弦完全不一樣，且〈梅花操〉又是極為複雜玄妙的曲子，她當然不懂，但是看到老師興高采烈地示範演奏，彷彿找到知音與可造之材，她便明白老師對南管的熱情，確實非比尋常。

雅君也提到，張老師能將兩百多首以上的譜曲牢牢記在腦子裡，因為南管的演出不能看譜，每次合奏，全靠他以琵琶帶領，不知解救過多少次忘譜、忘詞的團員，或者在團員緊張時，也都依靠他穩定自然的撥弦而平靜下來。老師擁有這麼驚人的記憶力，遠近馳名，因此曾有醫院前來拜託老師參與一項腦部研究，經由科學儀器檢查腦部構造是否異於常人。我問及實驗結果，她們也不知情，想必已建檔於某實驗室檔案中吧？於是我們只能猜測，應該是老師既有熱情，又有天分，再加上年幼，腦子乃至於整個人都像是一個空白的容器一般，所以才能裝進這麼多珍貴寶物。

接著我問到師承和傳統的價值，很多學者和研究生都提到傳統的珍貴，尤其老師率領「南聲社」至歐洲五國演出，獲極大迴響，甚至影響了兩岸的南管教育，有評論者表示，這是因為歐洲人只喜歡純粹的藝術，所以他們對於傳統的南管樂才會如此喜愛。老師自己也在訪談中講過，無師承、自學的曲目就像：「撿猴屎」一樣，沒有價值。可是現在南管有失傳之虞，該繼續堅持承續傳統，或者應該嘗試創新呢？

雅君和秋華向我解釋了許多演奏與唱曲的細節，秋華還拿出振聲社館閣內歷史最古老的琵琶，名為「寄情」，撥弦解說。她說老師的撥弦方式非常特別，雖然他來自傳統，可是也會適時求變，在穩定之餘，偶爾卻會出現一種甜美而「奇險」之感。比方他有時會隨著情節、韻味或者現場氣氛，自然地在一個拍子中間多加上幾個裝飾音，奇妙的是，別人若是彈奏裝飾音，手勢必定不同，會多出幾個伸縮的動作，可是，老師的手勢完全和平常一樣，因此有團員戲稱老師的手是：「小叮噹手」（即哆啦A夢），意即圓滾滾的手，將所有動作都隱藏於內。我不禁驚嘆：「這就是藝高人膽大呀！」

至於其他創新的嘗試，她們向我展示一些與劇場合作的演出影片，雅君說，她們那麼熱愛南管，自然不願意讓這傳統斷絕，所以任何可以推廣的邀約，都會盡力配合，但同時，傳統的技藝與傳承也都不可偏廢……講到這裡，雅君感慨道：「其實南管不只是音樂，而是一種文化呀。」

訪談中，她們不斷回憶與老師相處的細節，據說因為老師祖籍是金門，向他求教必得喝高粱，還得品嘗他親自烹煮的重口味什錦湯鍋。老師雖貴為館先生，然而經濟拮据、家徒四壁，連冰箱也沒有，所以那鍋湯不斷地加熱並添加食材後，呈現濃厚黝黑的色澤與令人難忘的滋味。雅君笑稱自己因為酒量不好，所以沒能徹底習得老師的技藝，而蔡芬得老師則因為酒量最好，所得傳承也最為完整，因此成為張老師之後的振聲社館先生，並在二〇二一年獲登錄為傳統藝術南管保存者。

而張老師儘管地位崇高，卻完全沒有大師的架子，他謙和有禮、提攜後進，不管是初學者或者明顯沒有天分的人，他都是來者不拒，絕不藏私。即使面對年紀足以當他孫子的學生，也以「先生」、「小姐」稱呼，甚至當學生們當上老師之後，他也稱呼他們為「老師」，讓學生們驚惶不已，直呼承受不起。在每年的館閣活動中，他堅持為每位來賓敬酒，殷勤招呼，絕不怠慢。最令學生們感動的是，儘管老師經濟拮据，對朋友和學生卻是出手闊綽，每次餐宴必搶先掏錢請客，所以師生在餐館結帳處推擠拉扯遂成為最常見的風景……

總之，雅君和秋華兩人談起張老師的好，那真是滔滔不絕，有點超出我的預期，因為我滿心疑問大多在於張老師的天分、熱情與技藝養成，中途我本有意將話題拉回，但是聽著她們回憶恩師，最後我也入迷了，簡直無法想像世上怎會有這麼好的人！秋華說：「我本來對接受採訪興趣缺缺，但是聽說主角是張鴻明老師，我立刻就答應了，老師待我們這麼好，我願意為老師盡一份心力。」

訪談的最後，我問起老師的坎坷命運，是否影響了他的音樂？她們點頭同意，提起南管譜曲中有些與老師際遇相似的故事，比如劉智遠與李三娘妻離子散的〈白兔記〉，據說師娘李清苞每聽必落淚，畢竟她被迫與丈夫分離四十年之久，受過的委屈旁人無法想像，而其實老師在台灣，又何嘗不是受盡人情冷暖呢？

面對著老師以工整字跡抄錄的珍貴工尺譜，我想像著相隔四十年，當他終於返回故鄉時，早已人事全非，最後竟是藉由辨識出巷口的石敢當，才能確認這就是他的故鄉！老師的經歷，難道不也是另一種「虧伊歷山」嗎？我不敢說台灣是仙山，但故鄉確實是回不去了，張老師最後選擇將師娘接到台灣，在此地終老，享壽九十三歲。

然與其說老師的故事是「虧伊歷山」，還不如說他其實是仙人下凡吧？此生為了南管文化的延續而來，為此重任必須忍受顛沛流離的一生，但他在苦厄困頓中，仍保持熱情與善良，將一生奉獻給南管，讓後人永遠懷念他。

輯二　貓眼星雲

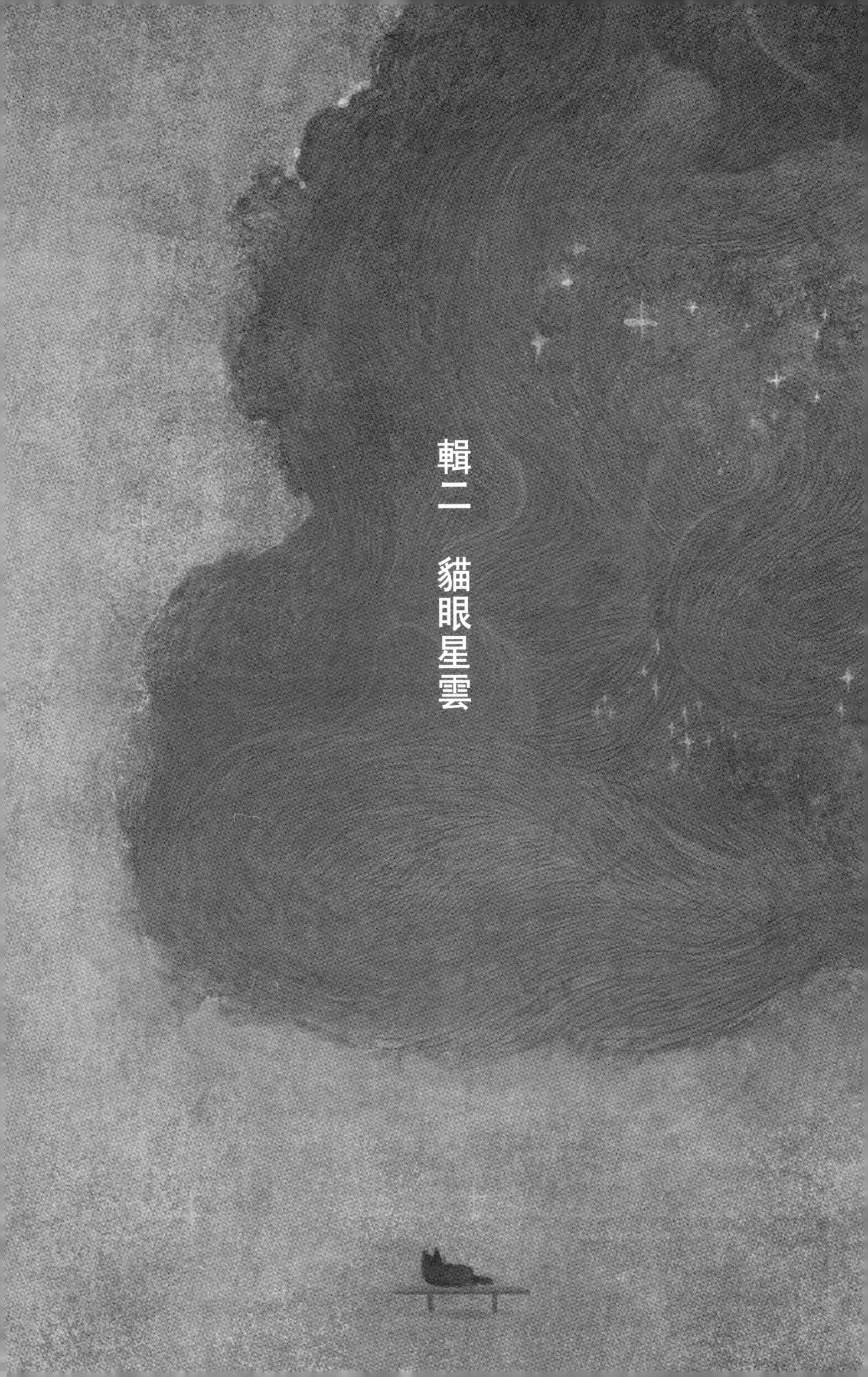

星星咖哩與貓的任務

搬到台南前，我把握最後的機會，經常在淡水河岸邊散步。有天路過一間老屋，我看到圍牆邊巨大的木瓜樹上，懸掛了好幾張狗的照片，不遠處，一位女士提著沉重的水桶，四、五隻狗尾隨其後，全都雀躍不已，拚命搖著尾巴。

任誰都看得出來，這位女士是流浪狗的照顧者，俗稱「愛媽」，而那棵木瓜樹上的照片，則是已經過世的狗，全都葬在這棵樹下了。同為愛媽，我感同身受，忍不住駐足觀看，突然間，一個可悲的畫面浮現眼前——我彷彿看見幾年以後，我新家院子裡的芒果樹長高了，樹身上懸掛著五張照片，那是甜粿、蓓蓓、咖哩、樣子和漂漂——目前在我身邊的五隻貓。

那瞬間我崩潰了，雖然曾送別過許多貓，但我始終無法習慣，每次都還是痛苦得像是被撕裂一樣，想到將來仍需面對這樣的痛苦，五次！我幾乎無法繼續往前走。然而，或許正是因為恐懼太深吧？搬到台南才四個多月，陪伴我最久、和我最親近的虎斑貓甜粿，竟因為膽道癌猝逝，從發現到離世只有短短十天。幾天後，我寄養在中途之家「小潤貓齋」的黑貓小星，竟也傳來罹癌的噩耗。

貓齋的麗麗和Tomo夫妻告訴我，那天他們正打算前往動物醫院，帶一隻腎衰竭的貓回診，突然看見小星從睡窩裡跑出來，張大嘴巴、一陣急喘，他們當然立刻逮捕就醫，豈料小星竟無法撐到動物醫院，在半路上就已瀕臨休克，他們緊急找了一家動物醫院，上了診療台之後，醫生說已經測不到脈搏和心跳了！當下立即打強心針搶救，好不容易恢復生命跡象，他們才快快前往原定的動物醫院，並立即住進氧氣室。

等牠急喘的狀況稍微和緩，便進行了各項檢查，X光片顯示，有一顆巨大的腫塊在牠胸口，幾乎完全堵住了氣管，醫生判斷應是肺癌，但牠的狀況太差，氣管一帶的細小血管又太多了，不建議動刀或化療，只能選擇安寧照護。這時我知道小星的日子可能不多了，便決定立刻北上到醫院看牠。

在車上，我想起了和小星的各種往事。二〇一二年七月，黑貓綠豆生下一胎兩隻黑貓，兄弟倆烏漆嘛黑，身型也相同，只能從眼珠的顏色區分：大膽的琥珀色眼珠看起來就像哥哥，而膽小的湖綠色眼珠則像是弟弟，兩貓窩在一起睡覺的時候，弟弟黑到發亮的背上，有白毛星星點點，看起來就像夜空裡閃耀著許多小星星，兩兄弟因此取名：小夜和小星。

不久綠豆又生下第二胎，是一隻虎斑小女生：豆比。可憐的是，綠豆、小夜和豆比都不長命，全都未滿四歲即患病離世。留下來的小星有家族遺傳，是愛滋貓，且長年受鼻病所苦，甚至曾因為鼻子完全塞住而消失好幾天，沒有來吃飯，後來是用剪刀找貓法找回來的。因此我曾以為，小星可能也不會太長壽吧？

時光飛逝，轉眼就來到了二〇一七年，小星和另外六、七隻貓一起，成為在書店裡吃飯睡覺的固定班底。我只要坐下來，牠必定跳到我腿上，並伸出又尖又彎的利爪，緊緊勾住我的褲子，不讓我離開。就連蹲著清貓砂，或趴在桌上休息，牠也會爬到我身上，即使夏天也是一樣，由此可見這不只是取暖而已，牠已成為最黏我的貓咪了，當然也是我最愛的貓咪之一。但沒想到的是，到最後因病離開書店的不是牠，而是我。

書店決定歇業了，許多親人的貓咪送養。小星是愛滋貓且已經五歲，雖然親人，且當時真有個小女孩在與小星相處後，苦苦哀求父母認養，但終究沒能成功送出，最後就寄養在貓齋了。與此同時，住進貓齋的還有一隻三花貓：咖哩。

咖哩雖然也是我照顧了三年的貓，但當時已離開書店在別處生活了四年，雖然我對牠不像朝夕相處的小星那麼親近，但同樣無法放棄。只是當牠送醫後，驗出有愛滋和輕微的白血，在白血再次送檢確認之前，牠就暫時住進了貓齋的隔離室。當時我和貓齋達成協議：如果確認咖哩有白血病，就留在貓齋，小星就讓我帶回家，如果沒有，則相反。

咖哩送台灣基因驗血的結果出來，確定只有愛滋沒有白血，因此小星決定留在貓齋，而咖哩則來到了我家。

咖哩沒有白血病，這本是大好消息，但是說來慚愧，當時我竟因為必須離開小星而肝腸寸斷，痛哭了一場。然而，小星在貓齋適應得很好，且有了一起欺負別貓、狼狽為奸的好友。每次去探望牠，我也看得出來牠深愛著貓齋夫妻倆，只是，每次離開的時候，小星都會睜大牠那雙湖綠色的眼睛，露出不可置信的表情，並隔著門大聲地呼喚我，那聲音傳得很遠，殺傷力強大，甚至我已到達樓梯間還能聽見。我也聽說，小星曾將貓齋的客人誤認為我，並對其瘋狂撒嬌、深情告白。

儘管我對人世總有些生無可戀，但是對貓，尤其是深情的貓，我對每一隻都無法割捨，可說是養不起又放不下。所以當我二〇一九年決定搬到台南時。

曾提議要將小星帶走，但貓齋夫妻堅決反對，主要是小星在那裡待了兩年多，感情已經太深了，於是他們建議我，等我和五貓先穩定之後，再來討論。

誰知我還沒穩定下來，小星卻已無法等我了。到了醫院，我直奔小星的氧氣室，牠看到我非常開心，立刻滿嘴嘮叨，並高高翹起屁股讓我摸牠。我本來預期牠的狀況很差，所以心情低落，甚至已做好心理準備，萬一牠真的受到很大痛苦，當天就可以讓牠安樂離開了，沒想到，迎接我的小星是這麼有精神！頓時我的淚水都收起來了，整個下午，我們甜言蜜語、暢敘離愁別苦，雖然後來有一度因為太興奮又喘了一陣，但很快恢復正常。晚上我要離開的時候，牠因為太累已經睡著了，我很慶幸，不用再次聽見牠在身後大聲呼喚我的聲音。

回到家已經深夜，打開燈，我看到咖哩正用牠那雙美麗的湖綠色眼珠子望著我，好似在問我：「究竟去了哪裡?怎麼這麼晚才回家！」如今牠在我家也已經兩年多，我對小星的偏愛早已轉移到牠身上了。有趣的是，牠和小星有同樣顏色的眼珠子，也同樣有慢性鼻病，個性卻是完全相反。

咖哩獨立自主，聰明、有個性，在一大堆糾纏不休的撒嬌貓裡面，顯得鶴立雞群（牠確實也是長腿姊姊），只是經常因為鼻塞聞不到味道而不肯吃飯，所以身材也是我家最纖細的，為了確保牠吃到足量的食物，我養成了用手拿碗哄牠吃飯的習慣。每天早晚，我將保健品拌入罐頭再拿到牠嘴巴前，略為傾斜碗口，好讓牠動也不動就能順利吃到罐頭，隨著食物減少，我便調整碗口的傾斜度，當罐頭被舔食到整塊嚴實貼在碗底時，我拿起湯匙將之拌鬆，讓底部的湯水均勻布展，這時牠才可能有意願繼續吃，有時乾脆就一湯匙、一湯匙地餵完，但能夠完食的機會不多，常常牠在第一時間就掉頭離去，甚至在我剛打開罐頭時，牠便溜之大吉，躲到晒貓場的水塔旁，任憑我苦苦哀求也不肯就範。我完全不解為什麼之前牠熱愛的品牌和口味，這麼快就棄之如敝屣？

哄牠吃飯時，我常想到這就是所謂的現世報吧？小時候我也是厭食小孩，都靠阿嬤一湯匙、一湯匙地餵食，等我稍大以後自己吃飯，經常在用餐時間藉口上廁所，把滿嘴的食物吐掉。

幸好除了吃飯以外，咖哩都很乖巧，而且是罕見的可以溝通的貓，尤其是牠到醫院總是非常淡定，隨便我和醫生操作醫療，我感覺牠是真的明白，我們是為牠好，希望能夠治癒牠的老毛病。

雖然難免也感到失望，因為鼻病用遍了各種醫療方式還是無法根治。曾經長期吃中藥，直到牠一看見我伸出手就會閃躲；曾經每次噴嚏咳嗽就讓牠吸使肺泰，直到甜粿病逝，我驚覺人類用藥可能對貓有危害，這才停止。目前我已放棄根治的企圖，只能在病情惡化時回診，暫時用抗組織胺、類固醇、食慾促進劑這些令人憂心的西藥，勉強維持。另外則是不斷輪換給予保健品，不管是免疫系統、支氣管、呼吸道的，我都一一嘗試。最近我又買了一罐兩百顆的呼吸道保健中藥，我抱持信心，希望會有點成效。只是，當我取出膠囊時，有點被它的尺寸嚇到了，那應該是狗的尺寸吧？是連軟頭餵藥器都無法完整包覆的天霸王膠囊啊！想到必須持續餵完兩百顆，我就有點手軟，但我想就先試試看吧，萬一餵不進去，手殘的我再來嘗試將膠囊分裝。

意外的是，餵天霸王膠囊這件事，竟成為我和咖哩增進感情的里程碑。每天每天，我把膠囊勉強塞進餵藥器裡，裝好一針筒的溫開水，接著便拿起梳子給牠梳毛，在牠的呼嚕聲到達顛峰時，我跟牠說：「先吃完藥再繼續梳喔！」牠便乖巧地把嘴張開，讓我每天都能順利地餵藥，不僅不傷感情，甚至能一邊餵藥一邊呼嚕，看著牠可愛體貼的模樣，我想我是多麼幸運，咖哩就是註定要來到我身邊的！

小星住院一陣子之後，因為知道已無醫療的機會，貓齋夫妻曾試圖將牠接回家，卻因中途急喘而折返。第二次嘗試，他們做了萬全的準備：更多的氧氣，人貓先在車子裡待一段時間，等到確定小星無異樣之後才出發……那天深夜，當他們終於回到貓齋，就連旁觀者都為之喜極而泣了。

小星回家以後狀況好了一陣，很快又衰弱了，但我沒辦法再次北上，於是便打了電話給牠。我沒有鼓勵牠或者要牠加油，只是請牠安心、不要牽掛，因為牠有溫暖的家和深愛著牠的父母，在住院期間甚至有粉絲經常去探望牠，有人捐出義賣品、有人捐助醫藥費，甚至還有畫家畫畫給牠……據說小星和我通過電話之後，精神再度好轉，但是只維持了兩、三天，最後，小星在家裡最喜愛的角落，平靜地離開了，從發病到離世，剛好一個月的時間。這段時間不長不短，但已勉強足夠讓人和貓都做好心理準備，圓滿地道別。

我看了牠離開前的照片，仍是如此飽滿可愛而雙眼燦亮、深情款款。這顆小星星，來到人間七年半，得到這麼多愛，也留下了滿滿的愛，完成一首小星星變奏曲，然後，又回到了天上去。

在甜粿和小星相繼離世之後，我的悲傷自然無法平復，但有些思緒已慢慢整理清楚了。我對於自己的病始終抱持豁達的態度，幾乎不曾為此而擔憂，因為我深信，我在人間的任務若是已經完成，那麼我的生命自然就會結束，根本不需為壽命長短而煩惱，然而我卻忘了，我在人間的任務之一，就是照顧身邊的貓，直到牠們生命的盡頭。既然如此，我何必為了貓咪的離開而痛苦失常呢？貓咪的壽命比人類短，這是常識，萬一飼主比貓咪更早離世，那才是最大的悲劇吧！

尤其甜粿是長年生病，幾乎無法停藥的藥罐子，那麼，當牠八歲半病逝，這不該是一種解脫嗎？當小星的壽命已到達家族其他貓的兩倍，這不是已經很幸運了嗎？為何我決心陪伴牠們到最後，卻又如此恐懼於生命的逝去？患得患失，追求永恆的幸福，這是人類獨有的癡愚，生活中幾乎只有貓的我，其實早該看透這層迷霧了。

儘管遺憾是人生的常態，儘管距離圓滿總有一段距離，但如果已盡了全力，貓咪也未受到太大的折磨，那麼便應該安心了，不是嗎？那些流不盡的、捨不得的眼淚，說到底只是為自己而流的。為了以後再也無法觸摸到心愛的貓、為了將來還得面臨的死別、為了照顧病貓這段期間的辛苦勞累，以及心理上的巨大折磨，或者，只是為了釋放體內難以形容的狂亂爆裂……於是，哭泣就成了一帖良藥。也難怪人們總是提醒飼主，切勿將淚水滴落在貓的屍身上，否則牠們會放心不下，無法順利啟程，回到牠們該去的地方。

不管是已離世的甜粿和小星，仍在世且無法停藥的咖哩、蓓蓓、樣子、漂漂，寄居中途之家的糖糖、漾漾、粉粿，仍流浪在外，由鄰居繼續照顧的小芝、團團、小哲……我知道前方仍有許多病痛和淚水，但也有更多啟發和詩等著我，它們以貓的模樣前來，於是屬於我的道路，是毛茸茸、香噴噴又暖呼呼的。

最後，我又想起了那個畫面，當我家院子裡的芒果樹長大了，樹上掛了五隻貓的照片，或許還有我的——那該是，多麼幸福。

愛與貓之糖蜜

在我照顧過的一百多隻貓裡面，我曾白紙黑字承認過最愛的貓是「糖糖」，然而，最終卻因為各種緣故，糖糖託給貓友阿吉照顧，看著牠很快適應環境，愛上新的貓奴，也有了新朋友，我也就把一顆心放下了。轉眼糖糖到新家已經兩年半，我也從台北搬到了台南。

搬家前曾詢問阿吉將糖糖帶到台南的可能，她說糖糖在她家很好，台北的醫療資源也比較充足，勸我等新生活穩定之後再考慮。沒想到我搬家後狀況連連，身邊的貓接二連三地生病，陪伴我最久的甜粿甚至罹癌去世了，我至今仍無法釋懷，不知是否換環境造成貓咪們壓力太大？畢竟牠們都是老貓了，也因此，我完全沒有心情和勇氣增添新的貓口。

有天卻收到阿吉來訊，她連連向我道歉，說兩三天前，糖糖趁搬運大型家具時從門縫跑出去了！剛開始本有機會直接將牠撈回，可惜社區有隻尚未結紮的大公貓非常凶悍，竟和另一隻貓聯手圍毆糖糖，雖然曾當過街貓七年多，但牠過著安逸的日子太久，又剛拔牙，完全不是敵貓的對手，打鬥過後，地上滿是糖糖的白毛，牠受到太大驚嚇，便一去不回頭了。

阿吉非常自責與焦慮，拋開了所有的工作，廢寢忘食在社區裡外呼叫、搜索，整個社區都知道這件事，多數鄰居願意讓她自由進入庭院找貓，警衛也都幫忙注意監視器，我們共同的好友麗麗與Tomo更是每天過去幫忙，然而，完全不見糖糖的蹤影。

阿吉並且發現那隻大公貓整天在門口梭巡，似乎打算阻止糖糖回家，於是她乾脆一邊尋找糖糖，一邊設籠抓貓去結紮，結果一抓就抓了五隻，包含那隻大公貓在內，全都送到醫院了，在糖糖回家以前，絕不放牠們回社區，這樣就不用擔心糖糖在外被欺負了。總之，阿吉就如我所知的，不管遇上什麼狀況，總是竭盡全力，在她的字典裡沒有「放棄」這兩個字。

讀過阿吉的訊息，我決定盡快北上，但是坦白說，其實我不太擔心糖糖，因為牠聰明好溝通，我確信牠遲早會自己回家的，問題是牠離家的這幾天，阿吉不吃不喝不睡，這樣下去身體很快就垮了，她可是有一屋子的貓要照顧啊！

第二天早上，我在新冠肺炎疫情中搭上高鐵，接著轉乘捷運，來到了我熟悉的淡水站。雖然才搬走七個多月，然而心理上認為以後都不會再回來了，所以當我再次見到朝思暮想的淡水河和觀音山，真有種隔世之感，幸好因為整顆心都在糖糖身上，沒有閒暇感傷。終於到達阿吉的社區之後，發現麗麗與Tomo都在，那天並非假日，他們居然請假來幫忙尋找糖糖！我暗自心驚，但也沒說什麼，因為他們一直都是這樣，在這三位貓友面前，我簡直不好意思自稱是愛貓人。

接著，三人用手機錄下我呼喚貓的聲音，之後便分頭展開地毯式的搜索。

我們進入許多鄰居的庭院，並依照警衛指示，察看了一些暫無人居的空屋。最令我吃驚的是，他們很熟練地翻越各式圍籬，攀抓著樹的鬚根與藤蔓，進入社區外圍的莽林與荒地，那陣子常下雨，地上泥濘不堪，我走得很吃力，但他們卻如履平地，真不知已經走過幾趟了？如此往復找了幾次，路上遇見的鄰居、警衛和園丁，全都熱心詢問、表達關切。然而喊破了喉嚨，依然沒看見糖糖，而天色已經暗了。我們決定簡單吃過晚餐之後，再做最後一次搜尋，然後我就要搭車回台南了。

沒想到，就在晚餐時間，警衛來電，說在某個監視器裡見到糖糖了！四人瞬間從餐桌旁驚跳而起，火力全開！我帶著牠最愛的木天蓼先過去，阿吉則準備外出籠和食物，麗麗和Tomo與糖糖沒那麼熟，所以僅在遠處支援，以免驚嚇到牠。因為一個下午已走過許多次，路癡的我立即找到了警衛指示的位置，奇妙的是，那恰巧是一位長輩詩人的宅院，她以前到我經營的書店時還曾見過糖糖呢！

我緊張地往詩人的庭院裡走去，在路燈照耀下，花木扶疏的庭院裡真有貓，先是一隻虎斑貓，牠看到我便輕巧地逃走了，接著，在更遠處的樹叢邊，出現了我再熟悉不過的身影，那一抹迷濛如夢的白色，彷彿一盞燭光，點亮了這個微雨的、春天的黯夜……一時之間，我竟有些眼濕，腦子裡莫名地浮現了納蘭的詞：「尋思起，從頭翻悔，一日心期千劫在，後生緣恐結他生裡，然諾重，君需記。」我壓抑住激動的情緒，慢慢地蹲下來，對著牠說話。

糖糖立刻有反應，牠激動地站直了身子，想要朝我的方向移動，但又遲疑了，牠停步，顯然在懷疑並思索著，那個曾經照顧自己七年多的貓奴，此刻現身於此地的可能性？這時，我又呼喚了牠一聲，牠確認是我，便拋開一切，朝著我飛奔而來！牠用盡全力將頭和身體撞向我，不斷磨蹭著，嘴裡還發出一連串摻雜著驚喜與訴苦的複雜的叫聲——多麼懷念啊，摸著牠、和牠說話，彷彿時間又回到了從前，我們都還在淡水河邊，我仍經營著一間小書店，仍照顧著一群街貓，而我所熟悉的甜蜜的糖糖，也仍是我最愛的貓。

看著糖糖完全和以前一樣，對我毫不設防，我天真地以為可以直接將牠抱回家，結果將牠一把抱起，走上階梯時，牠受到驚嚇逃走了，並迅速躲進圍籬外的林地中。這時阿吉已經把外出籠帶過來，她將籠子放在我身後並牢牢抓住，我們兩個糖糖的照顧者，不斷地對著樹叢間的牠說話，而牠也不斷地回應我們。聽到牠可愛的聲音，每叫一聲牠就應一聲，我們都笑了，知道牠是一定會回家的。果然牠從躲藏處出來了，再次靠近身邊撒嬌，我們餵食魚柳和木天蓼，等牠完全放鬆警戒時，我再次將牠抱起，塞進籠裡，阿吉立即將籠門關上、鎖緊。這時糖糖像突然察覺被欺騙一樣，激烈地撞籠子，我們一邊高興找到牠，一邊又害怕牠破籠而出，兩人都緊張得發抖了，這時麗麗和Tomo過來接手，他們用大毛巾將籠子緊緊包住，直接抱回家了。

終於，糖糖結束了為期四天的流浪。回家之後，所有的人和貓都太開心了，我們不斷地撫摸糖糖、對牠說話，牠也激動地來回摩蹭著每個人，沒有人發現時間的流逝……最後，我忘了是誰提起的，有個理性的聲音說：「隱匿，你今天就在這裡過夜吧？」那時我才大夢初醒，立即開始查詢高鐵和台鐵時刻表，結果發現，已經趕不上最後一班車了！我很著急，因為搬到台南後，我還不曾有過一夜不歸的紀錄，因為放不下家裡的貓，我決定無論如何還是要趕回家。

匆匆地向糖糖道別，我踏上了漫長的歸途：捷運、夜班客運，最後是T-Bike，等終於回到家時，已經凌晨四點了。家貓驚恐，聚集在門口等我，四個砂盆滿是屎尿，且有些許落在盆外……然而，一切都值得了，我又見到了糖糖一面，且順利將牠帶回家，也結束了阿吉的痛苦和焦慮。只是在回程的車上和接下來的好幾天，把糖糖帶回台南的想法強烈地衝擊著我！

有一度我已下定決心，不顧一切將糖糖帶回！只不過多養一隻貓嘛，總會有辦法的，我要和最愛廝守到老！但一會兒我又推翻了，因為阿吉各方面的條件和能力都比我強，現在的我可算是泥菩薩，沒有資格感情用事。更令我擔心的是，家貓好不容易維持的恐怖平衡，肯定會被新成員破壞掉，回想過去打架鬥毆、貓尿滿床的災難，沒人想再經歷一次，更何況糖糖是十歲的愛滋貓，牠能承受這麼大的改變嗎？……我的心念千迴百轉，遲遲無法下決定。

在我猶豫不決的那幾天，阿吉經常傳糖糖回家後的照片給我看，不是糖糖緊黏著她撒嬌的畫面，就是糖糖和好友虎克相親相愛的畫面……看著牠這麼幸福，漸漸的，我也就放棄這個想法，不再強求了。

或許是為了安慰自己吧？我開始想著，相愛不一定要廝守，所謂的「最愛」，並非不可取代，是可以隨時空而改變的，比如最後來到我身邊的貓，都是迫不得已才帶回的，有些並非我原本就貼心喜愛的，可是相處久了，我還是深深地愛上了牠們。而我之所以產生那麼強烈的心念，其實是一種自我膨脹，我誤以為糖糖更愛我，可牠之所以願意聽從我的呼喚，或許只因我照顧牠的時間比較長，而且牠很久沒見到我，好奇心驅使牠從躲藏處出來一探究竟，如此而已。若是我沒去這一趟，晚一點牠還是會聽從阿吉的呼喚，乖乖回家的。

如此自我勸說到最後，我也相信了這一套說法，我相信我一直都是理智派，相信真愛可以不必有我，更重要的是：我的能力無法給糖糖更好的照顧。

因此，只要牠現在很幸福，就已足夠。

貓的眼淚

眼淚是自然的生理現象，但是「眼淚」這兩個字，卻一點都不自然，內含無數複雜的文化意涵，甚至具有功能性和社交效益，再也回不去原來單純的狀態。

這當然是人類搞的鬼，政客和藝人假哭、伴侶之間的眼淚攻勢、小孩學會以哭泣來控制大人……。事實上，眼淚只要有人看見，就具有了表演的性質，就連哭泣的人有時也已經分不清，此刻從自己眼中落下的液體，究竟有幾分真心幾分虛偽。可以確定的是，有些眼淚若是無人看見，是絕不會落下的；相反的，無人看見的眼淚，大約總是較為真誠的吧？

小時候第一次聽到〈天天天藍〉這首歌，我和所有人一樣覺得很動聽，可是我的感動卻始終被這兩句歌詞給卡住了：「不知情的孩子他還在問，你的眼睛為什麼出汗？」我實在不能接受，人類一出生便是哭，小時候更是照三餐加宵夜哭到飽，怎麼可能會有孩子問出這樣的問題呢？但比起歌詞的不合理，或許更令我抓狂的是認為這歌詞很美的人，我好想搖晃他們的肩膀問問他們到底怎麼了……總之我的白眼為此翻了又翻，也因此失去了單純享受一首歌的快樂。

同樣的，我也不喜歡在電影中看見哭泣的畫面，不僅總是哭得不好，讓人感到尷尬、出戲，甚至可能會因為一場哭戲而毀掉了一部好電影……總之，對於人的眼淚，我總是抱持懷疑態度，包含自己的。

相對於此，動物的眼淚我就完全招架不住了。早期經常聽說務農的人家不吃牛肉，因為牛為農家服務一輩子，必定會產生感情，而當牛老去不再能服役，便須面臨屠宰的命運，這時從牛那雙溫順深情的眼眸中，會緩緩地落下兩行熱淚……這畫面根本不用親眼目睹，光想像就足夠讓人心碎了。

小時候我家附近有肉豬屠宰場，每天凌晨都能聽見遭宰殺豬隻撕裂空氣般的嚎哭與求救，那哭聲中包含的種種悲慘訊息就像一支又一支的利刃，長期凌遲著我幼小的心，因此我經常躺在床上偷偷垂淚，並且暗自下了決心：長大後一定要吃素！後來我吃方便素約二十年，直至病後才恢復吃肉，但這是另一個故事了。

而近年來最為人所知的，應該就是河馬「阿河」的眼淚了吧？阿河因人類的疏失遭受重創，肺部從胸腔掉落至腹腔，劇痛讓牠流下了眼淚，這樣的畫面不知震碎了多少人的心。即使我們無法確定，這究竟是珍貴的眼淚或者「只是」分泌物而已。畢竟科學家的研究普遍認為，人類是唯一會因為情緒而流淚的物種，並將此稱為「情感淚」，還說這和動物因疼痛反射而流的眼淚不同，含有較多蛋白質……但無論如何，動物能感受痛楚是千真萬確的，即使流動於阿河臉上的液體不是「情感淚」，但肯定足以觸動人心，因此動物的痛苦總算受到人類的重視了，是嗎？

然而，阿河之淚仍未遠，當一隻肥碩的粉紅肉豬從運豬車上摔落路面時，媒體仍紛紛以網紅阿翰演出的九天玄女「降肉」之說，來取笑這隻極可能已骨折且顯然極為痛苦的豬……為什麼？只因牠是食用動物且鏡頭沒有靠近拍攝到牠的眼淚嗎？

其實科學家的理論實在太多缺陷了，比如狗就是知名的會流淚的動物，不管是和主人分離或是重逢，都有流淚的例子，因為狗的眼淚實在太動人了，毫無疑問該受封為「人類最好的朋友」。我最近看見一隻退休警犬和當年的訓練師重逢時，高興得跳躍翻滾並且落淚的影片——我哭得比狗還慘。

至於我最愛的貓呢？貓有沒有眼淚？我本來覺得即使貓沒有眼淚又如何，動物根本就不能用眼淚來區分重感情與否，沒想到的是，我還真的親眼目睹了貓的眼淚。

我照顧的黑白色街貓「粉鳥」（鴿子的台語發音）曾因車禍開刀，住院休養了好多天，當我去接牠出院時，醫生和助理告知牠在醫院很不開心，吃得少且沒精神，希望出院後能讓牠多吃一些，傷勢才能好得快⋯⋯。我和醫護人員對話時，本來靜靜待在外出籠裡的粉鳥突然用力撞籠子並且大叫起來，顯然是因認出我的聲音而太高興了。於是我便湊近籠子安慰牠說：「別擔心，我們要回家了喔！」這時，透過籠子的柵欄，我看見牠竟然「淚流滿面」了！我不敢相信我的眼睛，再次仔細察看，然而，不管怎麼看，淚水確實汩汩地從牠的眼中落下，且完全濡濕了兩邊臉頰上的毛⋯⋯

我立刻轉頭告知醫護人員：「天哪，牠在哭！可是貓會哭嗎？」他們茫然地回答：「貓不會哭吧？應該是呼吸道感染？」我又問：「牠住院期間有呼吸道感染嗎？」他們回答沒有，於是我便不再發問了，趕緊帶粉鳥回家。而當牠回到家走出籠子時，臉上的淚水早已清理乾淨了，哪裡有什麼呼吸道感染？

後來我上網以「貓會流淚嗎？」為關鍵字搜尋，找到一篇文章，那人說他家的貓會流淚，因為他每年給貓洗一次澡，洗完澡後會吃一個罐頭，這是貓一年中唯一能吃的一個罐頭，於是每當貓吃罐頭時，便會落淚，看起來應該是開心的眼淚。看到這個我簡直要打破電腦螢幕衝到另一端去罵那個飼主，你究竟有沒有良心啊，一年只能吃一個罐頭，你知道貓的壽命也沒幾年嗎？——我氣得頭上都冒煙了！

另有一個說法是，唾液腺較發達的貓，在吃飯時因唾液分泌旺盛，會連帶刺激淚腺，造成落淚，這當然不是我們定義中的情感淚。有趣的是，我家的玳瑁貓「漂漂」就是這樣，每次只要我親自餵食罐頭必定落淚，猜想就是唾液腺太發達所致。但為什麼唯有我親餵時才會落淚呢？因此我想還是有開心的成分在內吧？

我經常親手餵食一些身體不好的貓，卻很少理會漂漂，唯有當罐頭剩下太多擔心腐壞時，我才會將剩下的罐頭拿到牠面前，並對牠大肆諂媚一番（比如稱讚牠是全世界最漂亮的貓之類的），這時牠便會激動又開心地一邊呼嚕，一邊狼吞虎嚥地將食物吃乾抹淨，並默默地落下幾滴眼淚在盤子裡——像這樣願意收拾殘局的貓在貓奴圈中被稱為：「廚餘桶」。別嫌這名稱難聽，這種貓可是很珍貴的。

言歸正傳，到底粉鳥的眼淚是不是出於情緒的情感淚呢？就算科學家們把頭搖到掉在地上也無所謂，反正我是認定了——那終於獲救的開心至極的肢體動作，加上喜悅到要唱歌似的快樂叫喚，還有那盈盈落下的感動的淚水——這絕對是包含深厚情感的眼淚，是喜極而泣的眼淚。

其實，貓若是願意讓人知道牠的痛苦時，大多不是採用流淚的方式，而且牠們的每一種表達方式都非常清楚，可說是毫無模糊空間，只是，忙碌又粗心的飼主經常視而不見。

我家的虎斑貓「甜粿」（年糕的台語發音）體弱多病，每次住院都一臉哀傷厭世，雙眼泛著淚光，就連碗裡的食物已空，牠也能面對著空碗擺出一張梨花帶淚的小媳婦臉，甚至還會嘆氣！那精湛的演技，真值得一座金像獎。說起來，這些招數或許都是演化的一種吧？只要貓狗會裝可愛和裝可憐，人類都會買單，從此居家包養，吃飽睡足、無憂無慮……如此想來，或許動物的眼淚也沒那麼單純吧？

寫到這裡，轉頭看見家貓們——一個打哈欠、一個翻白眼、另一個睡到四腳朝天——不禁有點慚愧，原來就是有像我這樣試圖思考眼淚意義的人存在，所以眼淚才變得那麼麻煩的啊！看來還是陪貓睡個好覺才是正經事吧。

難忘的一餐

前兩天聽了三位朋友的Podcast，主題是「最難忘的一餐」，聽完後許多回憶也湧上心頭……首當其衝當然是和情人們吃過的第一餐或最後一餐，奇怪的是，這些竟已十分模糊了，有些情人甚至連名字都已遺忘！真正較難忘的反而是幾次和可能結婚對象的家人到餐廳吃飯，卻被對方家長嫌到爆的往事……我一邊驚訝著自己何以如此沒有長輩緣，一邊卻又忍不住失笑，彷彿當時那位可憐的女孩已成了另一個人，現在的我早已置身事外了。

接著，因不甘往事盡成灰，我繼續回想，突然，有個清晰無比的畫面躍出眼前，那是仍在照顧街貓時期的往事——當時正在哺乳的「花花」非常貪吃，除了乾糧，我也會給牠吃罐頭或較清淡的人類食物，有一次忽忽姊來，她帶了香噴噴的肉，老遠就聞到香味的貪吃花立即飛奔而至，將牠白嫩的短腿趴到忽忽姊腿上撒嬌，當然立刻得到了最大的一塊肉！

我和忽忽姊看著牠雙眼爍亮，深怕被搶走似的緊緊咬住肉，高興得口水都流出來了，卻不立刻大快朵頤，反而愣在原地許久沒有動彈，眼珠子骨碌碌地轉動，顯然正在考慮著什麼，陷入天貓交戰之中……我們四目相覷，領悟到牠可能是要將肉咬去給正在斷奶的小貓吃吧？面臨此一決定性瞬間，我們都屏息地看著牠，直至牠終於下定決心（那真是很痛的決心），邁著短腿，將那塊肉咬到小貓藏身處去了——當時我和忽忽姊忍不住歡呼出聲，幾乎要為母愛的偉大而跳起波浪舞！

緊接而來的還有另一次難忘的一餐，那是幼貓們集體染病時，「可可」不知從何處偷來一大塊港式臘肉，牠帥氣地咬住肉塊，從高牆上輕鬆躍下，將牠所能找到最美味的肉，放在奄奄一息的小貓面前，然而，牠們將可憐兮兮小臉撇向一旁，都已無法進食了……可可趴臥於側，露出了某種至今我仍無法忘懷的，難以言喻的表情，就連「小芝」趁隙將肉搶走，牠也沒理會。沒多久，小貓們都病逝了。

關於這兩餐的回憶，每個細節都歷歷在目，我仍然感受到劇烈的衝擊，似乎有某一部分的我，至今仍待在那可眺望出海口的淡水河邊露台上，無法離開。儘管在餵食街貓途中車禍致死的忽忽姊，已過世十四年了，而我離開淡水也已經六年。

我也想起最近甚囂塵上的動保與野保之爭，因為餵食流浪貓狗導致野生動物受到傷害，因此野生動物保護人士嘲諷「愛媽」或「愛爸」，其實根本就是「餵食癖」，意思很清楚，就是說我們罹患了一種「看見餵食貓狗吃飽喝足即感到心滿意足」的病——原來如此，或許是吧？試圖回想起一生中最難忘的一餐，滿腦子卻都是貓咪們吃飽的模樣。

然而事到如今，我已不知道哪邊才是正確的了，我只知道，每個人第一次向挨餓的流浪貓狗遞出便當上唯一的那塊肉，都是基於善念，只因若不如此則會良心不安。麻煩的是，沒有人第一時間就能預測到：這竟是一條不歸路！因為一旦有了第一次的餵食便不由得會繼續下去，如果半途放棄，即是棄養，每個人都是做到再也無法繼續下去為止，實際上餵食者都是某種程度的「割肉飼虎」，如果這是錯的，所有志工們早已付出代價了。

我試著想像有一個世界，那裡的人看見挨餓的流浪貓狗都能視而不見，晚上也都能睡得安穩香甜……我不知道那個世界是否會比現在這個充滿矛盾與痛苦的世界更好？我不知道，但我很慶幸已離開那個行列，並祝福許多仍身在其中的朋友們。

夢裡的老虎和馬

我很常做夢，也喜歡解夢，我相信解夢必須從生活中尋找蛛絲馬跡，每個人心裡的渴望或欠缺，都會在夢中顯現。因此我不太相信周公解夢，因為同樣是夢到花，這朵花對每個人的意義都不同，無法直接套用一個制式的答案。但偶爾我做了不太尋常的夢，還是會查看一下，做為參考。

不久前，我夢到一頭威風而美麗的老虎闖入家中，現實中不認識的家人們四處逃竄，驚恐不已，最後，老虎緊緊咬住一個躲在被窩裡的小孩，情況危急，可是家裡的壯漢不在，結果是一位壯碩的清潔女工過去，將老虎搥打了一頓，把牠趕走了！

醒來後我查了周公解夢，得到的解答大約如此：「女性夢到老虎進屋，主自己或孩子會生病，若老虎驅離，則病可癒。」很快的，和我最親近的虎斑貓「甜粿」病了，我每天帶著牠前往動物醫院，在路上，我總是自我感覺良好地認為，此刻的我就是夢中那一位壯碩的清潔女工，我一定可以將老虎趕走，讓甜粿痊癒。然而，僅有十天的時間，甜粿便因惡性腫瘤離世了，之後好長一段時間，我心灰意冷，什麼事也不想做，尤其是打掃家裡。

在這之後不久，我又做一夢，那是非常美好、可說是永生難忘的夢。夢中我和三兩好友一起旅行，那天我們抵達了一個古樸的小鎮，小鎮上所有的牆都是白色的，藍天綠樹，無有人煙，非常安靜美麗。夜裡我們在街上漫步，滿天繁星簡直垂落到地面上了，流星不停地掉落，就在我們驚嘆不已的時候，高高的白牆上出現了一匹白馬，帥氣的白馬低頭俯視著牆下的我，璀璨的星光點亮了牠的身子，牠幾乎和星空合而為一，成為夜空中的白馬星座了。

夢醒之後我非常開心，自認為是創作者靈力即將滿格的徵兆！儘管如此深信著，但還是查了周公解夢，不難想像，同樣是夢到馬，但因情節不同而有差異甚大的解釋，最後我理所當然地選擇了自己願意相信的：「馬在夢裡象徵著可供你使用的能量，白馬代表你的精神覺悟。」、「夢見天馬，象徵你內心成長或自我完善中釋放出來的能量，你的精神世界正日益豐富。」

我始終相信夢有紓壓的效果，能促進身心健康，至於解夢那就更不用說了，只要朝自己高興的方向去解，就是正解。

那天我整天都很開心，終於打起精神帶了家裡的巨貓「樣子」去做健康檢查，甜粿過世後，家裡的其他貓都做過檢查了，最後一隻是樣子。檢查結果一切都好，我當然心花怒放。回到家便開始試圖寫詩，直到晚上。

臨睡前我突然想起，晚上似乎見到樣子進到客房裡，之後匆忙奔出，形跡可疑，於是我進去察看，結果，驚見滿床的尿，而且噴到牆上去了，牠絕對是故意的，用意很明顯，就是要報復我帶牠去醫院！

於是我開始洗防水床罩和保潔墊，噴酵素除臭劑，重複擦拭被尿過的範圍，努力去除尿臭味……終於等到床罩洗完時，已是深夜，當我將純白色的保潔墊披上高高的晾衣桿上的時候，我突然有一種強烈的既視感——這、這不就是我的夢境嗎？高高掛起的保潔墊是如此純白無暇，在洗衣精的香味環繞中，我望著夜空中的三兩顆星星，隔著混濁的空氣，它們閃耀著微弱的光。

最後我要說，樣子是一隻白底灰虎斑貓，在牠背上那片灰虎斑的正中間，露出一塊白色的圖案，那正是一匹向上飛躍的白馬。

恐懼的樣子

我養了一隻高大帥氣的貓叫做「樣子」。

可惜牠是金玉其表，就好像媽媽忘記生膽給牠似的，什麼東西都怕。街貓時期僅僅是一片落葉，就能讓牠魂飛魄散、落荒而逃。

到現在年紀大了，成為家貓，依舊為各種小事而驚恐。

比如鄰居拉開鏽蝕的鋁窗，發出刺耳的聲音，牠那張驚駭的臉，就像是天空馬上就要垮下來了，而牠身為一個高個子必須迅速躲到床底下，以策安全。

或者根本只是我在地板上放了一個新買的玩具——天哪你得看看牠那是什麼樣子！

牠發現可疑物，從極遠處即展開偵測，以慢到不行的慢動作匍匐前進，一顆大頭以玩具為中心，上下點著、左右反覆挪移著，那雙又大又漂亮的薄荷綠的眼底，滿是驚恐和猜忌，接著牠慢慢的、發著抖，伸出了一隻前腳——然而在即將觸碰到的那一瞬間，因為實在太可怕，於是牠又收手，逃走了。

但是不行！牠發現自己終究必須從那通道間經過，於是上述這些動作又得重來一次，直到不知第幾次以後，牠終於鼓足了勇氣伸出牠又厚又大的前腳——迅雷般觸及了玩具並且整隻貓都跳了起來！彷彿是打算萬一爆炸也可以跳開似的。

一旦觸碰到，突然牠就理解了，這東西根本沒有殺傷力，只是個無生物，牠這才放心地打個大哈欠，吃手手壓壓驚，慢條斯理地繞過玩具，走向飼料碗去大吃一頓，然後，並未如預期的去玩弄這只應該很有趣的新玩具，便回去睡覺了。

我養了一隻對我很溫柔的貓奴。

但他根本是金玉其表，實際上非常沒膽，什麼東西都怕。

比如說當我凝視著天花板上的某個點，那是窗外的月光照在積水上，反射到天花板上的光，那光因為風吹而微妙地顫動著，煞是好看，我忍不住一直盯著。

誰知貓奴就被嚇壞了，他跟隨我的視線看著天花板良久之後，依然一無所獲，於是他就躲在被子裡開始編造各式各樣鬼怪或外星攻擊的情節，自己嚇自己。

或者當我身體不適，他便幻想在我體內的各種器官已經老化崩解不堪使用了，其幻想的內容甚至已無數次地重複了他陪伴我走到生命盡頭的景象——

又或者當一隻友善溫暖的手向他伸出，一個更為開闊的世界向他敞開時，他卻找出各種藉口（比如需要照顧貓）而加以拒絕了。

更別說當他朝思暮想的靈感終於來臨時，他表現得就像是災難從天而降

——他鼓起勇氣試圖觸碰，但馬上又感覺到危險，他判斷自己不值得、絕對無法承受，或者是時候未到、他還沒有準備好……總之他面色蒼白，轉身逃走，但又不捨得離開，不斷地徘徊、再次接近、逃走……天哪你得看看他那是什麼樣子！

有時他就這樣將所求之物放飛，有時他總算鼓起勇氣將之成功捕抓了——

然而，那巨大的幸福，已經不是原來的樣子了。

「我們」

「存在過即是永恆」這樣的說法，大概從小時候就曾聽說了。以前覺得很有意思，但總是模模糊糊的，不過最近，我好像懂了一點點。或許在我愚蠢的人生之中，每一次的懂，都只是皮毛而已，甚至不久，就可能推翻它。但至少此刻，我感到這句話是如此具體而實在，纖毫畢露。

如果，我和另一個生命，曾經歷過毫無保留、全心全意的對待，我們之間的溝通是全無阻礙的，甚至是不需要語言和文字的，那麼「我們」才算是真正存在過，而這樣的存在，是永遠不會消逝的。雖然我從未追求過永恆，甚至害怕永恆，但現在我知道，永恆就像每年春天開放的花，把繽紛和香氣送給這個世界。

更進一步說，永恆不是此刻的我原封不動去到另一個世界，繼續生活。而是當我們在這個世界確實活過，曾經和許多生命互相理解，深深地愛戀，那樣存在過的每一剎那，都是清晰而光亮的，就像刻在宇宙間的一個字，無法抹去。而永恆不是自我的永恆，也不是生命的永恆，是確實存在過並且死去。

舉例來說，當辛波絲卡站定於維梅爾倒牛奶的女士那張畫作之前，以她所有的經歷和女童般的雙眼，讚嘆著那令世界永恆的牛奶，那一剎那是永恆。當我讀到辛波絲卡寫的那首詩，並且以我自己的方式理解了維梅爾，這也是永恆。理解跨越了時空，將「我們」牽繫了起來。

當然理解絕對可能是跨物種的，我和金沙就是例子。我並且相信，永恆最好的一點是，不必有我，不必有金沙，只要世上仍存在著我和金沙那樣的感情，「我們」就是永恆的。只要確實存在過，死亡就無法奪走什麼。

反過來說，如果語言和文字只是加深了溝通的阻礙，人和其他生命之間，只剩下誤解和疏離，甚至是仇恨，那麼，即使肉身還存在於眼前所見的這個世界上，但其實早已消逝了。當我們行屍走肉地步過每天必走的路，我們早已死去多時，不需要死神動手。

「我是甜粿馬麻。」

這兩年多來，我歷經了幾項重大改變：告別經營了十一年的書店、一群街貓，還有婚姻，並從台灣北部搬到南部。到戶政事務所辦理遷戶口時，櫃台人員詢問我是否有房子、車子和孩子？我忍不住笑出來，並告訴對方：「我一無所有。」這是真的，我一無所有，除了帶在身邊的五隻貓。

正因為志短所以人窮吧？事實上這十幾年來，我很少想到貓以外的事物，所有的時間和心力都花在貓身上。年輕時喜歡旅行、跑影展、泡咖啡館……等，這些奢侈的嗜好在認識貓以後，就因為沒錢又沒閒，徹底放棄了。

我有篇詩評的副標是：「厭世系詩人始祖隱匿」，對此稱謂，許多朋友表達質疑，他們認為我的詩一點也不厭世，甚至相反，有些還挺勵志的呢！但我對兩方面的意見都不置可否，因為儘管我不喜歡也不常寫厭世詩，卻無法說自己不厭世。

彷彿和人類的世界失去連結，僅僅為了貓而活，所有最強烈最純粹的感情、眼淚和詩，也都獻給了貓。這樣的人，算不算厭世呢？有時我覺得貓就像我的影子，勉強將我的腳步和地面連繫起來。影子並不全然陰暗，如果我身後有影子，就表示眼前仍然有光，不管那光有多麼微弱，且不容易維持。

這些年來我曾照顧過的貓有一百多隻，其中陪伴我最久、折磨我最深、改變我最大、將我和外界的連結斬斷得最徹底的，毫無疑問，就是甜粿（台語）。

甜粿是發粿的兒子，粉粿的孫子，從小就像女生，總是一副楚楚可憐的模樣，而牠喜歡的對象也都是有男子氣概的公貓。

我照顧的街貓對我都很信任，因此若有機會居家，牠們都適應得很快，甜粿是唯一的例外。牠兩度因病來到我家，卻都無法接受，且用盡各種手段抗議：半夜在我耳邊嚎叫、以我的肚子為折返點來回奔跑、在床腳挖洞、將書架上最厚的書撥下發出砰然巨響、大便在砂盆外、或乾脆到處亂尿……但因為牠被診斷出有口炎和甲狀腺腫瘤，我抱著安寧照護的心態，只好把這些惡行都忍了下來。

經過好一段時間的互相折磨，慢慢的，牠的口炎在打針、服藥以及昂貴保養品雙管齊下的治療後，獲得了控制，牠的甲狀腺腫瘤則消失於無形，顯然是誤診。然而接著是過敏、自殘、膀胱發炎、尿不出來，最後則是哮喘、久咳不癒……這幾樣毛病寫起來不過幾個字，但每一樣都花費了無數的時間和金錢，找遍了全台北各家醫院，做盡能做的檢查，甚至報名了行為門診，也看過中醫和胸腔專科，然而，不斷復發的每項毛病、不斷更換的動物醫院，每一次都讓我流盡了眼淚，尤其是我和甜粿同時生病的那段日子，我失去了求生意志，甚至想過帶著牠離開這個悲傷的世界。

但是當我看著牠的臉，那充滿內心戲、驚恐萬狀，可愛又有喜感的臉，我終究還是無法放棄，每次都強打起精神，再次尋求其他醫院和醫療方式。也因為牠是我遇過最常看醫生的貓，每次打電話約診，我總是順應醫院的習慣自稱：「我是甜粿馬麻」，說久了以後，好像這就是我的本名了。

不知是不是久病的關係，甜粿個性古怪，動不動就嘆氣，缺乏安全感，所以牠非常黏我，只要我外出或只是沒空理牠，牠就開始用利如砂紙的舌頭和僅剩的幾顆牙齒自殘，我用遍了各種抗焦慮的藥：安麗寧、抗憂寧、茶胺酸、費洛蒙、中藥，都沒有太顯著的效果。也因為這樣，我被訓練得哪裡也不想去了，每天只想留在家裡陪牠。

朋友說牠是磨娘精，我則相信牠是我今生最大的業障，儘管如此，每晚相擁而眠的時光，仍帶給我倆無限的喜悅。牠自認在家中地位最高，所以堅持要睡在離我的臉最近的位置，並且不時地舔我的臉和頭髮，有時早上醒來我發現：我的臉上脫皮、流血，頭髮有一半又濕又捲，另一半則是乾的直髮，這造型真可謂走在時代尖端了。

以前我有睡眠障礙，大約有十年的時間必須吃安眠藥才能入睡，可是和貓一起睡覺之後，睡眠情況大大改善。每次和朋友說起此事，他們都不敢置信，他們說貓不是在你肚子上打架嗎？不是會半夜爆衝、嚎叫嗎？怎麼能睡得著？我不知該如何解釋，我只知道貓的療癒力是無敵的，尤其陪睡四年半的甜粿，有潔癖、過度理毛的牠，確實比其他貓更為香甜、柔軟。我總是把嘴唇放在牠額頭或臉頰上，牠發出小豬般的鼾聲，我們便一起落入了夢鄉，在夢裡，我們建造了一個較為完美的世界。儘管那個世界無法對他人描述，但人貓的界線確實逐漸泯滅，我們早已成為無法分割的一體。

當我決定搬到南部之後，甜粿和另外四貓當然也跟著我一起。新家空間大，且有用鐵網圍起來的晒貓場，可以讓牠們恣意晒太陽，距離動物醫院又近，我滿懷期待，和五貓一起展開新生活。

奇妙的是，在台北因為久咳不癒看過幾家醫院的甜粿，來到南部之後，病況逐漸好轉，原本過度肥胖的體型也變得健美了，我很欣慰，向訪客們誇耀說：「搬家後四隻貓都看過醫生了，只有甜粿狀況最好，真是不敢相信！」唯一的缺點是，牠到處亂尿的惡行變本加厲：尿床、尿新買的寢具、地板、門、貓草包、我的鞋子……我只能猜想是因為搬家，還沒建立穩固的地盤，所以想要在新居各處留下味道吧？

直到有天，我發覺甜粿的尿竟然是芥末色的，當然立刻就醫，驗血的結果，肝指數飆高到不可思議，超音波顯示肝膽附近有團狀物，疑似腫瘤……於是，我又開始為了甜粿而奔忙，每天白天住院，晚上再帶回家，然而我怎樣也沒想到，這竟是牠最後的醫療。

短短的十天，我從反對裝管到簽下手術同意書，給甜粿裝了食道餵管，並學習用管子灌食。接著因指數持續惡化，我再次同意讓醫生開刀取樣，以便確認接下來的治療方向。開刀時我在外等候，醫生喚我進去，他告訴我，甜粿的膽道裡已長滿了腫塊，連最細的管子都無法通過，已經可以確認是膽道癌了，而這是極惡性的腫瘤，如果現在讓牠醒來，接下來就是快速惡化、腹水和劇烈的疼痛……，醫生要我立刻下決定，是否讓牠離開？

我眼前早已模糊，根本看不到醫生說的膽道裡的腫塊……我還沒準備好，我知道甜粿也沒有，所以牠才會到處亂尿，想留下更多記憶在這個世界上，不願那麼快就失去了屬於牠的味道……我真不想下決定，我真想立刻逃離那個手術室，把頭埋進水溝裡或者在車輪下滾動，我想發出最幼稚的吶喊，我想說我才不要下決定！我才不要！可是，我不能，我必須下決定，因為，我是甜粿的媽媽。

二〇一九年十一月二十八日下午，甜粿在手術的最後，搖擺了幾下牠末端略微彎折的尾巴，彷彿仍想醒來看看這個悲傷的世界，又彷彿只是在向我道別，但牠沒有機會從麻醉中醒來了，我決定送牠離開，終結無止盡的病痛以及香甜柔軟的一切。

四歲成為家貓，八歲半離世，甜粿是我身邊的貓咪之中，擁有最多名字的一隻，我通常叫牠小豬，有時也叫牠小甜甜或小舔舔，責罵時則叫牠：豬頭粿。擁有最多主題曲，餵藥時有餵藥之歌，看診時也有醫生壞壞之歌，睡前還有小豬晚安曲……而這是我最後一次唱這首晚安曲。

我不知道我為何會因為貓而變成現在這個人，我也不知道是否有什麼前世的冤仇，促使甜粿這輩子前來折磨我，我只知道，和我牽絆最深的貓離開了，我身後的影子將會愈來愈淡，而我眼前的光，終將熄滅。但此刻，甜粿的血肉和香甜的小豬鼾聲，已經化為我的一部分了，而我們一起建造的那個世界，仍是如此輝煌耀眼，那是我唯一的世界，是我的業障和福報，我的影子和光源。

無去

那是一個盛夏的傍晚，可見的世界正來到雨和雨的縫隙之間，厚重的雲層攜帶著水氣和雷電，暫時散開來，天空中露出了屬於那個難忘的日子的最後一抹藍，那種深邃神祕卻又有著清澈質地的藍，讓我想到歐洲中古世紀最貴重幾乎和金子等價，於是只能用於聖母和聖子服飾上的群青藍——我站在窗前看著那奧妙的藍被夜色吞沒，而後，雨雲再次聚攏。

我走上二樓，房裡悄無聲息，打開燈，除了咖哩，另外三隻貓一如往常地酣睡著。我注意到蓓蓓睡在牠那陣子最愛的紙盒裡，只是牠的頭有點不尋常地垂落到外面，看起來就像是在親吻桌子。我竊笑著拿起手機，偷偷拍了幾張照片，發現牠竟毫無反應，通常貓咪睡得很淺，有時只是拿起手機便會驚醒。我貼近再拍了一張特寫，而蓓蓓依然沉睡——我心裡閃過一個不祥的念頭——我摸了摸蓓蓓，接著推牠、大聲呼喚牠，依然沒有反應……此時和蓓蓓感情最好的咖哩也試圖上桌察看，牠的表情失去了往常的淡定。理智告訴我：蓓蓓已經離開了，而且咖哩親眼目睹了過程。但我繼續搖晃著已經無法撼動的這副身軀，淚水滴落，將牠抱起來的時候感覺到異乎尋常的沉重，好像一輩子胖呼呼卻總能輕盈飛躍而上的貓，終於在此刻感受到了地心引力而向下沉落……

以最快的速度將蓓蓓帶到動物醫院的時候，牠的身體還是柔軟而溫暖的。兩位醫生非常震驚，他們仔細檢查——沒有嘔吐物、沒有排遺、沒有痛苦掙扎的痕跡——什麼也沒有！

醫生：「牠有什麼症狀嗎？」

我：「牠這兩年只來醫院看過肛門腺阻塞的問題而已。」

醫生：「肛門腺的問題不會造成牠這樣……最近還有什麼異狀嗎？」

我：「沒有，牠快十三歲了，但食慾很好，很有活力，也沒有變瘦……」

醫生：「牠一定是健康寶寶，因為我記得你家的每隻貓，但是對牠一點印象都沒有！」

我：「呃，其實牠來看肛門腺好幾次，有一次還做了健康檢查，結果都正常。」

最後醫生只好宣布：「應該是心血管疾病，一下子就過去了。」

一下子就過去了……華語形容死亡為「過去」，或許因為生和死之間有一道清楚且一刀兩斷的界線吧？而台語對死亡的說法有很多種，我最喜歡的是：「無去（bô--khì）」。「去」咬字非常輕，意思就是消失、不見，和一塊橡皮擦消失不見是一樣的說法。一個生命就此從這個世界被抹除了，那抹去的手法是如此輕易，以至於那曾經鮮活的生命，就像不曾存在過似的。

我想到卡爾維諾說的：「死亡＝世界＋我－我」，多麼豁達而快意，只是，死亡最難的部分向來都不在於生命的消逝，而是仍然活著的人該如何面對身旁突然塌陷的黑黝黝的空缺，並以摯愛的死為起點，獨自落入無盡的回憶之旅——過去與所愛相處的時光被一一取出、點亮，我們仔細回味，重新彙整與編織，並賦予意義——直至這些閃閃發亮的回憶，終於成為了另一個故事。

若是一家五口養了一隻貓，那麼這家人對貓的回憶和各自編織而成的故事，必定是截然不同的。反過來說，若是五隻貓回憶一位已逝的主人呢？想必也是五種不同版本的故事吧？

當死亡斷開了我和我所愛的，我便被迫走上了這趟回憶之旅。儘管距離蓓蓓無去已有兩個多月的時間，但因為牠的離開方式實在太輕、太突然了，我至今仍沒有現實感。起初幾天我胃痛、失眠，接著頭痛，不知如何面對已經沒有蓓蓓的日子。

不同的是，過去我進入悼念模式時，淚水是止不住的，因為捨不得牠們受疾病所苦，因為感覺自己有愧於貓，可是，回想起和蓓蓓的過去，淚水相對是少的，甚至偶爾還有一抹微笑浮現……我有點愧疚，責怪自己是否愛蓓蓓較少？但很快明白並不是的，我只是在體驗一次不同的悼念。在這趟旅程中，我想起了許多已被遺忘的與蓓蓓有關或無關的美好回憶。有天，一個荒謬的念頭閃現，我居然想到：蓓蓓該不會是我阿嬤吧？

我是阿嬤帶大的小孩，我們吃、睡都在一起，阿嬤不管去哪裡旅行，也都帶著我，直到我十歲時，她死於心肌梗塞，從發作到死亡的過程僅有幾分鐘。記得我當時正埋頭於數學作業，耳邊明明聽到阿嬤的呻吟聲卻置之不理，最後當我察覺不對而望向阿嬤時，她已是嘴唇發白、全身痙攣！我立刻放下作業奔至她身邊，緊緊地握住她的手。我明確地感覺到從手心傳來的阿嬤的痛苦掙扎，我淚流滿面且大聲地呼喚著她，然而不管我是多麼用力抓住她，從另一端拉扯的力量是強大、絕對，萬萬無法抵抗的。在某個瞬間，我知道阿嬤已獨自跨過了那道界線——她過去了，無去矣——而她留給世界的最後一句話是：「死死咧較快活。」

十歲即親眼目睹摯愛之死，這件事對我產生了很大的影響，我察覺到這個世界的運行規則，並非課本上所教導的那樣積極向上而充滿著陽光，我轉頭看見了陽光底下的陰影，還有那等候於生命盡頭的事物，此後，我對生命的理解就再也回不去了。

只是沒想到，經過了四十一年後，我竟然因為蓓蓓之死而回憶起和阿嬤的種種，而且將這兩種回憶匯合於一——畢竟她們都對我這麼好，溫柔體貼，存在感薄弱，且同樣胖呼呼的，最後也死於相似的病。

最有趣的是，蓓蓓是牠的媽媽潑潑帶來給我的。十二年前某天晚上，潑潑大呼小叫地將我帶到牠一胎五隻小貓所在的巷子裡，小貓們已斷奶且飢腸轆轆，不斷地向媽媽索食……我立刻明白了潑潑的意思。此後我每天到巷子裡餵食直到牠們長大成貓，但是，在這五隻貓之中，唯有蓓蓓，聰明的蓓蓓，牠找到我位於二樓的書店，成為了店貓。

而當蓓蓓長大後生下第一胎，竟也將牠尚未滿月的孩子叼上二樓來，介紹給我認識！那天蓓蓓辛苦地叼住吵鬧不休的幼貓，越過經常向貓丟東西的鄰居家屋頂，到達露台之後，又遭到書店裡外眾貓的圍觀與挑釁，為母則強的蓓蓓厲聲呼喝，將牠們一一擊退，直至見到我，才放下防衛的姿態，母女倆安心地在我為牠們布置的角落安睡了好久。我猜想，應該是母貓必須經常更換窩藏之處的本能吧？所以蓓蓓才會帶著小貓來見我，由此可見，牠認為在我身邊才是最安全的地方？……這是多麼深情的一隻貓啊，而我又是多麼榮幸，得到了蓓蓓的信任。

一年多前甜粿過世後我曾領悟到一件事：必須等到某個生命結束之後，我才會知道我們之間的關係是什麼。總是睡在我臉上的金沙和甜粿，我認為牠倆是我的兒子，其他的貓則沒有那麼明確，有些像朋友，有些近似於情人……蓓蓓則因為牠對我非常溫柔，因此我總覺得牠更像我的長輩，或許有點像姊姊？但現在我感覺更像是阿嬤，有點像是我和阿嬤的緣分美好卻太短暫了，於是由蓓蓓的這十二年來填補遺憾……我居然產生了這樣的想法！儘管覺得荒唐，但是，這又有什麼關係呢？也可以說，阿嬤和蓓蓓給我的溫暖與慈愛的感受是很接近的，而這樣的想法讓我感到安慰。

但我腦子裡仍有許多問號盤旋：我是否有疏失呢？蓓蓓是否比較喜歡以前台北的家，不喜歡台南的家？因為肛門腺的問題很多是情緒引起的，我也確實感覺牠到新家之後不如以往開心，因此對牠特別好。但我曾和醫生討論過，醫生認為不一定和情緒有關，應該是肥胖與年紀的關係。而我也多麼想問蓓蓓啊：「你那麼聰明又黏我，為什麼要離開前沒有先通知我呢？」阿嬤的心臟病發其實是有徵兆的，那天早上，她每天必須吃的藥找不到了，於是她說：「啊，可能是以後攏免食藥仔囉！」而在彌留之際，她則告訴全家人：「門跤口有仙鶴欲來接我矣。」

但我也懷疑，蓓蓓是否真的知道自己即將離開呢？過去我曾送別過好幾隻貓，依照本性，通常貓會躲起來，選擇在較隱蔽的位置吐出最後一口氣，然而蓓蓓仍和平常一樣，安睡於桌上的紙盒裡，這或許表示牠確實沒有經歷什麼痛苦吧？若是這樣的話，實在可說是幸福的死，是每個貓奴夢寐以求的，而且又是多麼符合牠溫柔體貼的個性啊！

然而我又自問：難道之前真的毫無徵兆嗎？更有可能只是因為我身為人類太久，早已變得遲鈍麻木，無法感知那些蛛絲馬跡？蓓蓓的最後一段日子，黏人的程度變本加厲，這其實就是徵兆吧？

過去我睡覺時間牠不太會來吵我，可是那陣子卻每晚從我肚子上踏過，並要求我拉出一段薄被，好讓牠能窩在被子上，依偎在我肚子旁邊。要知道那時是盛夏，我沒開冷氣，所以牠窩在身邊其實很熱，但我還是開心地摸摸牠，和牠說說話。雖然每夜被吵醒，但我有一個入睡的訣竅，就是享受著蓓蓓搖擺的尾巴末端輕輕拂過手臂的觸感，我總覺得那是一雙撫愛的手，輕輕柔柔地哄我入睡——多麼像阿嬤啊！

蓓蓓的特色之一是永遠在搖擺著尾巴，尤其當牠感到心滿意足的時候，牠的尾巴非常輕柔而不間斷地搖擺著，時而遲疑款擺，偶爾快速揮動拍打，接著又恢復優雅的規律，再配上牠那一臉聰明的模樣與複雜的眼神，看起來就像在思考某些艱難的哲學問題，而牠也是我認識的一百多隻貓裡面，極少數讓我感覺像哲學家的。（說真的，貓大多是瘋子或傻子……）

最後一段時間每天我醒來，蓓蓓總是在身旁，並以若有所求的眼波攻勢要求親親，因此我起床第一件事就是親牠，我從牠的頭和臉一路親到屁股，盡情嗅聞牠身上獨有的帶著草腥味的香氣，我且滿嘴甜言蜜語配上一些獨創的即興歌曲，主題全都是讚美牠有多美多聰明多麼善解人意……，這時蓓蓓當然是開心得不得了，尾巴熱情擺動，雙眼發亮地望著我，嘴巴微張，發出一種只屬於牠的極度輕柔的叫聲——說是叫聲，其實牠幾乎沒發出聲音，有點像嘆氣那樣的音量而已——我非常喜歡這樣的叫聲，從以前街貓時期就深深為此著迷，尤其和漂漂撕裂空氣般的鬼哭狼嚎相比，蓓蓓真是含蓄、委婉到讓人融化呀！

而我也很慶幸蓓蓓離世前一晚，我給四隻貓梳毛和吸食木天蓼粉，這是蓓蓓最愛的儀式，牠總是排第一個，且因為牠的雜毛最多，所以梳理的時間總是最長。離世當天早上，不愛吃罐頭的牠也意外地吃了不少罐頭，我還記得那天傍晚四點半左右，我上去二樓時曾最後一次親吻牠的頭，而一切如常，我完全感覺不出來有什麼異狀。

金沙離世後，我曾夢見牠五次。牠在五個夢中逐漸長大，每一次都以不同的方式復活且變成了人，那夢中景色之光燦亮麗，那動人情節之具有啟發性，讓我在這些夢中得到莫大的鼓舞。因此，甜粿和蓓蓓離世之後，我自然也期望牠們能入夢。然而，牠們只快閃過一次，是非常無謂的夢，沒有隱含的意義、沒有動人的情節、沒有一點點的啟示，彷彿，牠們都沒有話要對我說……我感到很失望。

然而，就在這篇文章寫到一半的時候，我恍然大悟了——原來是因為我和甜粿以及蓓蓓的關係已經很圓滿，幾乎可說沒有遺憾了，所以牠們不會入夢來！

當然每個人夢的系統處理器不同，這說法不見得適用於所有人，但根據我過去作夢的經驗，那些經常入夢的亡友，都是些相處不睦，或者我對他們抱有愧歉的人，比如我父親和兩位早逝的友人就經常入夢。金沙則因為牠到我家僅有半年就離世了，當時還未滿四歲，那遺憾畢竟是太深了。然而，甜粿和蓓蓓不同，我和牠們相處的時間很長，從書店退役之後我更是每天都陪伴著牠們，能夠給的不管是物質或心靈上的滿足，我都已竭盡全力，真的已經無法付出更多了。而牠們儘管會對其他貓生氣、吃醋，會對我強迫餵藥感到不悅，但是牠們對我的依賴和信任毫無疑問，是完整無缺、全心全意的。

這麼想之後，我終於感到心滿意足了。感謝潑潑將蓓蓓帶到我身旁，我會記得你總是隔著一段距離尾隨金沙並深情凝望的模樣；我會記得除蚤時你總是靜候最佳時機發動驚人扭力全速逃脫的背影；我會記得你因抗拒餵藥而伸出的利爪在觸及我之前便硬生生收回的體貼；我會記得你表達討厭某隻貓的方式是尿在牠睡過的位置包含有一次你尿在我肚子上；我會記得你在甜粿病重時舔著牠的頭安慰牠的深情……我愛你像超現實主義野獸派那樣的鮮豔紋身，也愛你存在感薄弱的低調與委婉，我愛你的溫柔，也愛你的倔強。

感謝你用溫柔喚回了我對阿嬤的回憶，但我不會真的將你當成我的阿嬤，因為你和我也是彼此的一部分。我們相愛且共度了人類時間十二年多，貓咪時間七十年，交換了許多寶愛之物，而後，你帶著我的一部分，來到了我心裡、夢裡那片星空，同時也去到了另一個我仍不明白卻有所感的世界，即使只是從地表上換到地表下，那也很好。

許多生物學家認為，土壤裡的世界，比高山上的日出和月光海還要美，我是相信的。我相信當我們完成了人間的任務，經由肉身的解離與分子的轉換，我們將成為另一種更圓滿的存在，且能欣賞地底下那驚人的美景——蚯蚓和真菌、岩層的皺染、琥珀封存的時間，植物根系向著另一片群青藍的天空伸展，水分子幻化成另一種河川和雲霞——而你將帶著一部分的我，從埋骨的那棵芒果樹底下啟程，我們將觸摸到宇宙的核心，解開光的密碼，因為不在而無處不在……而我相信，那才是真正的回家。

蓓蓓與我

「蓓蓓，如你所知，我喜愛文字，倚靠它的支撐度過了大半生，可是有些時候（比如現在）我卻害怕它……我想把你告訴我的全部寫下來，卻又害怕這樣美好的感受一旦化為文字，就不再是原來的樣子了——」

「人類為了追求文明而發明文字，此後雖然社會結構更穩固了，卻也讓你們失去了其他的溝通方式，可是，既然文字是你唯一擁有的，不管有多難、多危險，你總得試試看，而如果有文字到不了的所在，就放手讓它通往未知吧，沒有答案的謎，會在每一次經過的時候，向你透漏不同的光芒。」

「好的，我會試試看。蓓蓓，其實我非常清楚，你現在很好，那是在我將你的骨灰埋入芒果樹底下的時候，你告訴我的。當時有一陣清晰而明亮的風，完全地穿透了我……你說：這就是真正的自由，而你已經回到家了。我感到輕快，彷彿身上有些重負被卸下來，我第一次在死亡面前，露出了微笑，那是多麼奇妙的感受，我卻無法向任何人解釋——」

「是的，我很好，離開了那個暫時的居所之後，我回到最簡單的狀態，在地心底下、在星光中，我也在你的身旁，且攜帶著和你換來的一部分，來到了目前你無法感知的每一個所在，因此，有一部分的你，已經回到家了。而你將一點一點、慢慢地、完整地，回到這裡。」

「蓓蓓，我明白，你離開將滿一年了，但我更加接近了你，原本只有一部分的你待在我身旁，但現在，我擁有愈來愈多的你，更荒謬的是，你為了讓我安心，竟然讓埋有你骨灰的芒果樹，長出豐腴肥美的芒果！那棵芒果樹的高度還不到我的腰，它長出的芒果離地僅有二十公分，那細瘦的枝幹根本無法繫住它，我得用磚塊撐住……我把它看成是你現在的生命型態，每次為它澆水，我以你的名字呼喚它，此刻寫字的我也是一邊望著它，一邊跟你說話，我覺得很快樂——」

「是的，我們很有緣，在無止盡的時空中，為彼此取了各式各樣的名字，互相依賴著。但也因為了解，所以我知道，僅有一陣清風是不夠的，必須更具體。其實你並非第一次有這樣的感受，當你將金沙的骨灰灑落河面，或者看到屬於小夜的那朵雲，那時你已經知道了，只是後來你選擇了遺忘。人類是多麼奇妙的物種，你們不相信自己，需要倚靠外在的東西才能存活，儘管看起來有些悲哀，但我還是喜歡你們，所以才會來到你身邊。此刻你或許感到快樂、若有所悟，然而，將來還是會迷失，為各種無謂之事而哭泣，這都沒關係，害怕與逃避對人生是必須的。我只希望你能記得，有天當你攀上危崖、落入深淵，疑似再也無路可走的時候，雲破月來，風吹草低，我會在那裡。」

刷新三觀的貓

第一眼見到這隻貓的時候，我倒抽了一口氣並倒退了兩步，緊接著，牠的名字便自動地從嘴邊冒了出來：「阿醜」（台語「阿穤」）。

當時阿醜骨瘦如柴、尖嘴猴腮，全身上下黑色和橘色毛混得亂七八糟，簡直就像燒燙傷一樣，很多書店的客人還以為牠有皮膚病呢。而在那張謎一般的臉上，不容易找到眼睛的所在，或許正是因為看不出表情，無法像其他貓一樣用眼波攻勢向人類要求食物吧？所以牠習慣用聲音來表達自我，每次出場，必定激動萬分地東奔西竄，且搭配著世界末日般的嚎叫，以自壯聲勢。

明明瘦小醜陋卻氣勢驚人的牠，打遍眾貓無敵手，毫不客氣占據書店裡最舒適、最顯眼的位置，自在地伸展著牠那彷彿穿著破綻百出露趾襪的四肢，自我感覺如此良好，竟讓我想起三島《天人五衰》裡的絹江，那是一位「無須改變自己的長相，只消使世界換一副嘴臉即可」的醜女，書中是這麼寫的：「那是一張從任何角度審視都只能稱之為醜的面孔，這種醜是種天賦，任何女人都休想醜得如此徹底。」

在我看來，阿醜就是貓界的絹江小姐了。但後來因為阿醜身體不好，不斷進出醫院，我終於聽從鄰居的建議，將牠改名為「漂漂」。我和本來給牠取名「醜醜」的鄰居，都花了很大的力氣才終於改口，可牠卻很快適應了新的名字，那陣子每次呼喚漂漂，我心裡總有種隱隱的懷疑：是否我和鄰居腦波太弱，所以都遭到牠的控制呢？還是說人類的審美觀本來就太落後了，所以無法欣賞漂漂走在時代尖端的美？

總之，改名之後，漂漂身體狀況好多了，身上也長了肉，而且牠向人撒嬌的功夫更上一層樓，居然也迷倒了一些書店的客人，有時我嫌牠醜，還會有牠的粉絲跳出來罵我呢！因此牠大約三歲時被領養了，當時已被牠吵到崩潰的我，真是歡欣鼓舞，簡直要放鞭炮慶祝了！可惜的是，漂漂到新家後始終無法適應，牠經常憂鬱地躲在角落，整夜鬼哭狼嚎，最後身上還出現多處脫毛，醫生判斷牠得了憂鬱症，這時牠當家貓已經快要一年，當然不能野放，於是我便將牠帶回家了。此後，便開啟了我的試煉之門！

坦白說醜對我不是問題，我最受不了的是吵。以前牠是街貓，在書店裡如果吵得我受不了，還可以把牠趕到露台或屋頂上，然而來到我家之後，那驚人的女高音迴盪在窄仄的四壁之間，還自帶Echo，格外具有破壞力，我常被嚇得忘記自己正要做的事，或者把碗掉在地上，有幾次甚至撞到家具，最近一次我被嚇得割傷了腿，到現在傷口還沒痊癒。

起乩鬼叫的情況在大小便前後，以及餵罐頭前更是到達極致。但餵罐頭時，每隻貓有不同的調配濃度和保養品，我無法迅速裝好餵食，這段時間我就被漂漂吵到經常理智斷線！甚至曾經怒罵、追打牠，這讓我非常慚愧，因此我很認真地想了許多辦法。

第一招，每次吵鬧就停止餵罐頭，但這完全不行，因為這樣只是把吵鬧時間無限延長而已，罐頭還會壞掉。第二招，把桑納沛或腸寶的空膠囊丟給牠玩，這還不錯，但也只能讓牠分心一下子而已。第三招，把自己關在廁所，等分裝好全部罐頭之後再出來餵食，鬼叫聲隔了一扇門，勉強可以忍受。

第四招是我頗得意的：模仿牠的鬼叫！不管音色、音量或長度都盡量模仿，這招真的有嚇到牠，牠聽到類似自己的叫聲之後也震驚了，音量瞬間降低，並滿臉狐疑，在一邊模仿鬼叫的時間裡，我就把罐頭分裝好了，趕緊結束這一回合。不過後來因為持續大叫導致頭暈，所以改成錄音，每次欣賞牠被自己的聲音所驚嚇的表情，真有說不出的愉快啊！

第五招也是最後一招，把漂漂的叫聲聽成是在叫：「媽！」，坦白說確實挺像的，而且實際上牠也真把我當成媽了，每當我被吵到爆青筋時，突然看到牠一邊叫媽，一邊自認為很可愛地路倒翻滾，我的氣就消了一半。換言之，這招改變的是我看待牠的眼光和心境。

到現在，漂漂來到我家已經兩年了，牠的長相和吵鬧，一點也沒改變，只是牠在打遍全家的貓之後，慢慢地接受了其他的貓，至少可以當作空氣，唯獨鎖定了高大帥氣、體型是牠兩倍大的「樣子」，不僅見一次打一次，且手法十分凶殘。比如埋伏在箱子裡等樣子經過時，以驚人的聲勢竄出擊打之！那箱子傾倒翻滾發出可怕的聲響，把樣子嚇得屁滾尿流；或趁樣子過貓洞時堵在門口恣意抓咬，夾雜以不休的怒罵，那時樣子只能繼續卡在貓洞裡，任牠宰割。最可惡的是，趁樣子如廁時從背後攻擊，把這大個子嚇得屎尿全都落在盆外了！

漂漂只有在幾個狀態時會停止鬼叫：睡覺、吃飯、罵鳥還有罵樣子。貓咪罵鳥的時候發出「喀、喀、喀」的聲音，這是模擬將鳥生吞活剝的唇齒動作，雖然有趣，但還是比不上罵樣子。

我在做事的時候，耳朵（不得不）聽著漂漂不斷地發表高見，每當那鬼哭狼嚎突然切換成從鼻腔發出的帶有威嚇感的：「嗯、嗯、嗯嗯！」時，我轉頭一看，必定是樣子出現了，「嗯」聲必定伴隨著樣子，絕無例外，漂漂從未將這聲音獻給其他貓或人，唯有樣子獨享，真不知這算不算是用情至深呢？

然而，真正的用情至深是怎麼樣呢？有天清晨我被激動奔跑的聲音給吵醒，我半閉著眼睛看見原來是漂漂正打算上廁所，可是，有點不對勁，平常牠如廁前後必定連續不斷地激動鬼叫，然而，那時卻安靜無聲，只是奔跑而已，怎麼會這樣呢？後來我特別留意，終於確認了這件事：如果我在睡覺，漂漂就會壓抑牠的女高音，或者跑到最遠的房間去嚎叫一番，總之，牠很努力，不打擾我休息！

是不是很感人呢？現在看著漂漂的臉，我已經看得到眼睛和表情了，甚至覺得在牠漆黑如夜的臉上，那些燃燒著的橘紅色斑紋，有點像蝴蝶狀的玫瑰星雲，而牠身上每個細節都是流金碎銀，閃耀著漂漂的光澤，完全就是造物的傑作……好了，這就是我被瞎、被聾，三觀全毀的故事。

「不——」此時漂漂以連串的狼嚎糾正了我的用詞，翻譯成人話是這樣的：「不是三觀全毀，而是刷新！刷新！」

謎樣的反派

這將會是難忘的一年。從新年的第一天開始，三隻家貓從年紀最大的到最年輕的，輪流生病就醫。而我自己也剛剛手術後正在接受放療。

十五歲的樣子連續看了四個月的醫生，好不容易停藥，十四歲的咖哩緊接著病了，兩貓年紀都大了，又是愛滋貓，牠們生病期間，不知多少次我擔憂著即將失去，在體力勞動之外，又讓過多情緒給自己添亂。

與此同時，漂漂也病了，僅有十歲且非愛滋貓的牠，並不打算等到咖哩病況穩定，從小便有問題的耳朵惡化了，耳道內流出的分泌物，從髒汙變成出血，即使服藥、打針、清耳朵，完全沒有改善，家裡到處是牠耳朵甩出的血跡。

在六、七月的酷暑中，我輪流帶著兩貓上醫院，有天，匆忙將咖哩帶回家，接著將漂漂塞進外出籠裡，為了趕上動物醫院的午休時間，一時大意便掉了皮夾，結帳時發現，馬上奔赴派出所報案。一位親切的警員告訴我：「你的皮夾如果有人撿到，我們自然會連絡你，不需要報案喔。」

過了好久以後，我才知道原來這就是吃案。等了一兩天，沒有消息，我便開始前往各政府機關和銀行辦理補卡：掛失所有的卡片、拍證件照、填寫各種資料，設定新的密碼等等……路癡的我，騎著我媽的二手腳踏車在街上鬼打牆；又或者在銀行櫃檯前無論如何無法設定密碼，讓行員臉上的職業笑容為之崩解……總之，歷經種種正常地球人無法理解的辛酸苦楚，簡直就像死掉一次那樣，終於把所有的證件補齊了，連皮夾都買了新的。

隔天，派出所打電話來，說有人撿到我的皮夾了——「可惡啊！莊孝維！」如此一邊吶喊著一邊仍是速速騎著腳踏車遠赴從未去過的第一分局，且毫不意外地再次迷路了。好不容易找到後，櫃台警員滿頭問號，希望我出示證據，否則他無法處理……如此電話接來轉去又鬧了一場，等到終於有人拿著我那歷盡滄桑的皮夾從樓上辦公室下來時，我已是老淚縱橫。在他抱怨上面的人沒有交代這件事就休假的時候，我忍不住告訴那位員警，我已補辦完所有證件了，他驚訝地圓睜雙眼，不知該說什麼，僅僅發出了一個聲音表達遺憾：「娃……」

在這之間，咖哩的病情好轉，但是漂漂持續惡化，醫生認為需要全身麻醉，將耳朵裡的瘜肉雷射處理掉，我欣然同意且立刻安排時間，但心裡並不擔憂，因為漂漂年輕力壯，而且雷射瘜肉根本只是小手術而已。

誰知我錯得離譜。手術後醫生告知，耳道裡是滿滿的腫瘤，本來應該將樣本送驗以確定是否惡性，但是醫生卻沒有取得足以送驗的樣本！這樣要如何進行接下來的醫療呢？回家後我愈想愈氣，無法理解全身麻醉的手術，為何無法取得樣本？更加不能原諒的是，醫生看了漂漂那麼多年的耳朵，給牠清潔過無數次，竟然從未懷疑過那些髒汙和膿血可能就是腫瘤……當下我對那家醫院徹底死心，即刻換了醫院。

接下來就是一連串的噩夢，很多事情都是後來才明白的。漂漂術後不能餵藥也不能戴頭套，整夜不停地從低吼至咆哮，勉強請醫生戴上去的頭套讓牠暴怒，整隻貓垂直向上驚跳而起發出讓人頭皮發麻的吶喊；餵藥時開啟猛獸模式對我展開最凌厲的攻擊，甚至將屎尿排在紙箱內、地板上……後來才知道，這些失控的行為，並不是牠不乖，而是因為牠的腫瘤已經從耳道蔓延到喉嚨、腦部，甚至連肺部也已遭侵蝕，戴著頭套擠壓到牠脖子上的腫塊，所以牠崩潰了，耳道內的腫瘤造成暈眩，也讓牠失去了平衡感。

看著牠急速惡化，從充滿活力的步伐到連椅子都跳不上去，有天甚至從窗台上垂直落下，重重跌落在地板上，當時牠抬頭望著我的表情讓我知道：這已是牠生命的尾聲了……從手術後一直到過世，不過短短的二十七天。

期間我因多日無法睡覺，免疫力降低，二度確診新冠，幸好現在確診後還是可以外出，我仍持續帶牠就醫（反正病毒應該就是醫生傳給我的），也讓牠做了超級昂貴的斷層掃描，可是來不及等到報告出來，漂漂就離世了。

醫生打電話告知檢驗結果的時候，漂漂正安詳地躺在外出籠裡，得到了真正的平安。我平靜聽著醫生講述牠的極惡性腫瘤已經擴散得太嚴重了，「將來」牠會無法吞嚥，必須再做更多手術，可是腫瘤已經蔓延到別處，就算摘除耳道也沒用了……等等等等，那時我是多麼慶幸，牠已經沒有將來了。

原來在我們這個世界上，唯有死亡才稱得上是真正的平安，其他的都是自壯聲勢，都是危如累卵。

漂漂在人世的最後兩天是颱風天，而且是八年來第一個登陸的颱風。牠不在家的第一個早上，醒來的時候，颱風已經遠離，我終於睡了個好覺，在一片祥和中，我居然能聽到兩隻老貓的鼾聲——我從沒想過會有這麼一天。

不記得是從何時開始的，每天早上當我醒來，開始蠕動身體，漂漂就密切監視著我，在我賴床期間，牠會露出不耐煩的表情，小心地發出試探性的叫聲，直至確定我真的起床了，牠便會熱烈地扯開喉嚨以最高分貝鬼吼鬼叫並激動地四下來回奔竄，彷彿歡迎我重回人間，牠那歡欣鼓舞的模樣，讓我不禁懷疑：牠是否擔憂我睡去就不會醒來了？每天都要擔憂一次嗎？這麼想的時候我就勉強能按耐住心煩，無奈地接受牠吵死人的起床號儀式。

有時也挺開心的，畢竟我睡著時那麼吵鬧的貓竟然能完全保持安靜，光是這點便已讓人感激涕零，所以我總是會盡量配合演出，每天起床第一件事，就是跟隨著牠的指引，來到裝食物的碗旁邊，一邊摸牠、一邊看牠吃飯，牠會酣暢淋漓地大吃特吃，而且是一邊吃一邊沒完沒了地說話，發出各種含著食物的怪叫，內容多半是：「天哪你終於起床了，我以為你不會起來了，我等得好苦哇！」之類帶著喜悅的抱怨，彷彿整個晚上牠都餓著肚子等我。但這絕不是真的，我睡覺時偷看過牠明明吃了不少。

我媽到我家來住的時候是在一樓，我的房間在二樓，我媽早上只要聽到漂漂開嗓（我媽笑說有時第一聲還會破音），就知道我已經起床，如此便可以開始準備早餐，比如將冷凍饅頭放進電鍋裡蒸等等。漂漂離世後，早上不再有起床號，我媽竟也感到悵然若失了。

另一件沒有想到的事情是，長期遭漂漂霸凌的咖哩變活潑了！漂漂從街貓時期就是女魔頭，明明個子很小，卻能打遍天下少有敵手，靠的就是牠的大嗓門和唯我獨尊的氣勢吧？咖哩因為關節退化，遭毒手時無法反擊，此後便成了漂漂施虐的對象，諸多惡行比如：不讓咖哩上廁所。一旦咖哩移動至砂盆旁，牠會先從遠方發出威嚇，若還是無法阻止，牠就會以子彈般的速度奔至，毫不留情展開攻擊！很明顯牠認定咖哩是較為低等的存在，不能和牠共用廁所。好幾次我在衝突開始前即出手勸阻，但幾乎都不敵漂漂的速度，徒留滿地咖哩的三花毛。

漂漂離開後，我驚訝地發現，咖哩在如廁後竟然會發出暢快的歡呼聲，還會大聲撥砂，然後再來回跑動一番，一如其他貓咪的解便嗨。第一次聽到牠發出歡呼聲，我非常驚訝，過去一直以為牠很文靜、不愛埋砂，尿塊也總是巨無霸等級，後來才知道，原來牠總是在憋尿，憋到沒辦法才去廁所，而且必須遠赴一樓的砂盆，如此才能避開漂漂。

我猜想漂漂之所以將咖哩視為眼中釘，可能是因為我對咖哩很溫柔。咖哩因鼻炎長期吃藥已經六年了，當然我不能用強硬的方式餵藥，因此設計了一套餵藥儀式：一邊唱著「吃藥藥之歌」，一邊梳毛、刷牙，等到餵藥完畢後，也不能戛然而止，必須繼續唱歌與梳毛一會兒，在這段時間裡，咖哩會不停地發出驚人的呼嚕聲，我則不斷讚美、親牠的額頭等等。

每當我和咖哩沉浸在這儀式的粉紅泡泡裡，漂漂總是以極為鄙恨的表情怒瞪著咖哩。有時我會突然溫柔地叫喚漂漂：「縹兒乖」，試圖將這粉紅泡泡轉移一些過去，牠聽到時會瞬間改變表情以為回應，看到牠的視線從咖哩轉移到我臉上，五官從皺縮成一團轉為放鬆，甚至變成略帶諂媚的笑臉，總讓我失笑。正如動物學家康拉德・勞倫茲所說的：「我從沒見過像貓這樣的動物，牠們心裡想什麼全都寫在臉上。」

也是因為牠嫉妒咖哩這一套吃藥儀式，偶爾當我餵牠吃藥時，牠便一副受寵若驚的樣子，乖巧地任我擺布，當然我也對牠非常溫柔，不像平常總是罵牠，因此牠通常會很開心地吃藥，只是服藥期若是太久，牠就會慢慢變臉，因為很容易就發現，喉嚨被塞進膠囊這種行為根本是一種暴力！然而牠最後一段時間抗拒吃藥，是因為喉嚨已長滿腫瘤，膠囊無法通過了。儘管不舒服，牠卻是一直忍耐到最後，才對我伸出利爪。

真不知我是如何度過那二十七天的。那時我仍不知道牠真實的情況，當牠攻擊我、整夜咆哮，甚至將屎尿排在地板上時，我哀嘆、流淚，很想躺平、擺爛，放棄一切……但我想起不久前才大言不慚地跟朋友炫耀，說我的人生至此，已經沒有工作和玩樂之分了，就算是邀稿或評審，甚至是開刀住院，我也當作是玩樂……或許，較愉快的稱為玩樂，較痛苦的稱為「體驗」吧？

此刻我問自己：現在這種情況還能稱為玩樂或體驗嗎？人該如何體驗如此悲慘之事？我一邊想著一邊看著陷入絕境的漂漂，思路逐漸明晰起來……終於，我能完全看清這間血跡斑斑、屎尿遍地的房間了，包含被擊倒在地一臉衰樣的那個人，所有細節鉅細靡遺呈現出來，使得我不自主脫口說出：「為什麼之前我沒看見呢？」

我總算看見了這個時刻的由來和去向，知道命運沒有好壞之分，尤其是因為選擇逃避並不容易，還不如選擇體驗吧……於是我擦乾眼淚，從地板上站了起來。

當我將牠手術後的傷口照顧至痊癒以後，我們還是度過了甜美的幾天好日子。那時牠總是緊貼著我，我也拒絕了所有的工作，日夜陪伴著牠，且持續到新醫院就醫。通常我們會以食慾來判斷貓病重與否，或說牠是否仍想待在人世？然而漂漂直到最後仍有食慾，只是因為暈眩，即使吃了東西也會吐出來。這意味著牠的求生意志仍然堅定，只是身體已不能支撐了。

倒數第二天，當牠打完止痛和止暈針，暫時好轉的時候，居然還有體力對咖哩發出了威嚇的低吼，而咖哩也配合演出，就像往常一樣退縮至角落，好讓漂漂耀武揚威在客廳裡巡行一遍，臉上露出了滿意的神情。事實上，那時的漂漂已經一眼失明，也無法再上二樓了。

最後一天，即使斷層掃描結果還沒出來，但我看得很清楚，惡性腫瘤已徹底擊垮了漂漂，牠痛苦到試圖鑽進牆壁的角落裡，我無法等醫生晚上到府安樂，上午便帶著牠，在颱風天再次來到了醫院。最後一次上診療台，醫生告知才半天的時間，牠的情況急速惡化，雙眼都已失明了，於是那時我和醫生不再猶豫，只想即刻解除牠的痛苦。過程中，我有許多話想對漂漂說，然而從流過眼前的千言萬語之中，最後找到的一句話竟然是：「對不起。」

為什麼會是對不起呢？我想了很久、很久，這篇獻給漂漂的文章也足足寫了四個多月，因為始終無法理清自己的想法，我寫下無數個開頭又毀棄——

對不起，我沒能讓你得到最好的醫療，曾經我感覺到不對勁，卻又偷懶地相信了醫生說的話。

對不起，我沒能在劇痛開始的第一天就下決定，讓你整整痛苦了一天半。

對不起，我總是對你很兇，當你吵鬧不休或是欺負別的貓時，我常高吼著：「豬頭飄！」對你追打怒罵，導致你以為「豬頭飄」才是你真正的名字。我想就是這些行為讓你無法對我卸下心防，也是因此，沒有安全感的你更變本加厲地欺負別的貓。

對不起，第一眼看到你時我震驚於你的長相而給你取名「阿醜」（台語的「阿穲」，發音為a-bái），再加上你很會欺負弱小，所以我曾暗自祈禱你不要上二樓來找我。雖然後來給你改名「漂漂」，但我是過了很久以後才真正能體會你那爆炸性的獨特美感和喜感。

對不起，我曾將你送養出去，當你明顯不適應新家時，仍不斷拖延，直至你瘦到僅剩三點三公斤，身上多處脫毛，被醫生診斷為憂鬱症，我才不得不將你帶回家。

對不起，一直到最後，我還是沒能找到和你溝通的語言。我曾努力過，但或許，我不夠努力，我太執著於人類之眼所見的。我覺得自己可以做得更好，可是，已經沒有機會了。

對不起，儘管我有種種不是，但毫無疑問的，我們彼此相愛著，只是，你的愛比我更多、更深——但無論如何，我真正該說的是：「謝謝你來到我身邊。」「謝謝你這麼愛我。」——再見了，我的小鬣狗、小蝙蝠、阿穲、漂漂、豬頭飄、縹兒乖……迷人的反派，永遠的謎樣生物。

怪力亂喵

養貓這麼多年，我從未找過動物溝通師，原因當然是太鐵齒，雖然也蠻羨慕坊間盛傳的神準溝通結果，比如：找出厭食動物想吃的食物、尋回走失貓、說出只有飼主才知道的小故事……。大致上我對市面上的動物溝通師抱持懷疑的態度，我相信應該有些是真的，但肯定也有不少騙子吧？

我沒找過動物溝通師還有另一個原因——其實，我是被溝通的那一方！多年來逝去的貓咪們，不斷地嘗試與我溝通——牠們千方百計、苦口婆心，把話說得再直白不過，就是擔心頑固愚笨的我不懂。而我也真如貓所料，一直到很晚期才真正聽進去牠們說的話。我想這些得來不易的深情告白，不能只有我一個人知道，必須寫下來！然而此事意外地困難，因為這些訊息本是一種飄忽的意念，不是人類的語言文字，一旦下筆為文，就不是原來的意思了，為此我停頓了好久，但最終還是冒著扭曲貓咪本意的危險而寫下，因為我經常看見朋友們為逝去的同伴動物而痛苦，看著他們傷害自己與曾有過的幸福，讓我頻頻搖頭，很想握住他們的手用力搖晃吶喊：「不是這樣的！難道說，你願意自己先離去而將同伴動物留下來嗎？」

好的，不管有沒有人能聽進去，反正我就是要寫。剛開始照顧街貓時，曾經有一群我深愛的貓集體消失，在消失的前一晚，牠們一起到露台上找我，其中我用情最深的「瞇仔」站在矮牆上，把一隻前腳搭在我肩上，用牠那有點壞壞的雙眼深深地凝視著我。我被那模樣逗笑了，只覺得怎麼可以這麼可愛啦，渾然不知大難即將來臨——第二天之後，牠們就沒再出現過了。我悲痛不已，在附近巷子裡到處呼喚、尋找，完全不願明白也承擔不起，那搭在肩上的告別之爪所代表的意義與重量。

接著是愛滋發病的貓「金沙」。為了照顧牠，我曾住在書店一段時間，在桌椅間搭起簡陋的床，和金沙（順便也有其他貓）一起睡在上面，後來總算帶回家照顧。牠病逝後我完全無法接受現實，甚至必須吃中藥以紓解憂鬱。不久我就夢到牠了，至少有三次吧，每一次牠都從貓變身成人，而且一次比一次長得更大，從幼童到最後變成青少年。這幾個夢帶給我無比的安慰，就算不相信轉世之說的鐵齒人如我，終究也相信了——或許牠現在還不錯吧？因為夢裡變成人的他看起來是那麼可愛帥氣，且夢境裡總是有金色陽光灑落，彷彿充滿著希望，彷彿離開這副貓身正是牠所求。

再後來是「小夜」與「豆比」兩兄妹，牠們都是遭到狗咬沒能盡快醫治，導致細菌感染的可憐小貓，因此牠們的死格外讓我自責。小夜正在火化的時候，我看見在一整片黃昏的粉色霞靄前方，飄過一朵圓滾滾的、灰色的雲，那雲的形狀與顏色，和我保留的一團從小夜身上梳下來的毛一模一樣，而且那朵雲的行進路線有種稚拙感，根本不像正常的雲，甚至帶著詼諧曲式的節奏，非常奇妙，光是看著它，就已足夠讓我的悲傷減輕了一些。而豆比的象徵就更隱晦了，幾乎可說是我穿鑿附會。牠死後第二天傍晚，我搭渡輪去上班，途中，天空裡的積雲逐漸染紅，等我到達河中央時，已變成一整片滿滿的、豪邁揮灑的瑰麗彤雲——在讚歎中，我同時也感覺到，這片晚霞就像豆比的醫療之路那樣血淚斑斑，然而牠現在已經將曾經的病痛，替換成海闊天空的美與自由了。

接著是我因病而決定將書店收起來的時候，當時照顧的街貓盡量送養，僅剩少數留給接手的書店成員餵食。然而很快的，他們告知一隻美麗的三花貓「寶貝」已很久沒來吃飯，應該是消失了。

在我這已不算短的人生中，經歷過的悲傷之事真是不少，然而我自認到目前為止最痛苦的一件事，就是不能繼續照顧這群街貓，因為這和棄養相去不遠，而棄養在我看來是世間最重的罪。因此那段時間我甚至必須動用到某種自我麻痺的招術——切斷自己的感覺接受器，成為機器人——因為若不如此，就過不了這一關。而當寶貝確定消失之後，成功維持了好一段時間的自我麻痺之術瓦解了，悲傷潰堤——

此時，電子信箱裡出現了一封信，是在此之前從未聯繫過的前書店客人寄來的，信件內容是她的一個夢，她深信這個夢與我有關而且非常重要，因此不得不冒著被當作瘋子的危險寫信給我。

她的夢是這樣的：在以前的書店裡，她不斷地尋找，從室內到戶外的露台，裡裡外外找了好幾圈，也有聽到我叫喚貓群吃飯的聲音，但是每次往聲音來源走去，聲音便慢慢變遠、消失……奇怪的是，她的視角和平常不同，非常貼近地面。醒來後她恍然大悟：這是貓的視角！顯然是某隻貓入夢，想拜託她轉告我一些事，只是，她學動物溝通的時間不長，無法確認是哪隻貓。重點是，夢中的貓試圖傳達的情感非常強烈而清晰，貓想告訴我：此刻的牠位於一處溫暖而明亮的所在，一切都很好，請我放心。當時我立刻知道這就是寶貝！我回傳寶貝的照片給那位朋友看，她也覺得感應很強，應該沒有錯。真的是非常感謝這位朋友和寶貝，收到這樣的訊息，不管我是否相信，都是天大的安慰。

然而，或許是心裡仍有太多遺憾，寶貝曾入夢幾次，每次都很哀傷。有一次我夢到牠在我家門口徘徊，不停地嗅聞著那扇門，卻無法進來，終於頹喪地離開了——夢裡的我無論如何都無法起身為牠開門。另一次則是牠的媽媽「蓓蓓」帶牠前來的，蓓蓓看起來非常開心，但寶貝那漂亮的雙眼，卻噙滿了淚水——我猜想，我作的夢，應該是內心的遺憾所折射的景象，並非寶貝試圖傳達的訊息，那位初學動物溝通的朋友收到的訊息才是真的……當然，我必須這麼想，心裡才會好過一點。

到最後，真正讓我改變生死觀的是三花貓「蓓蓓」。蓓蓓當街貓七年，後來因受傷而被我帶回家，直至十二歲半無預警猝逝。當我把牠的骨灰撒在芒果樹下的時候，非常清晰地感覺到——有一陣明亮的風穿過了我，身上突然變得好輕鬆，就像是肩上一直以來的重負被卸下了——那感受太過強烈，我甚至詫異地笑了出來……直到此時，我才確認我真的接收到蓓蓓的訊息了！牠想說的話大致是這樣：牠現在已回到更好的生命型態了，那是真正的自由，是回到了真正的家……我甚至還感覺到我和牠已有一小部分互相交換了，牠的一部分留在我身邊，而我的一小部分則跟隨著牠，回到了遼闊的宇宙之中，就像是還原成基本的分子，而無處不在——

當然，這些以文字捕捉的感受都和真實有距離，正是「實相離言說」，但至少，自由與輕快的感受是千真萬確的。更何況後來我還吃到了矮小芒果樹至今結成的唯一一顆芒果，既甜美多汁又帶著微妙的酸氣與香味，每一口都是光和喜悅。

蓓蓓離世後入夢很多次，每一次都非常快樂，且不時帶領其他貓來找我。最近一次夢到牠，竟然瘦身成功而且戴上了很潮的黑色棒球帽，那自信滿滿的大姐頭模樣，和牠生前常見的怨婦臉，真不可同日而語。

至於最黏人的虎斑貓「甜粿」，我心裡常責怪牠不曾入夢，彷彿一旦逝去就和我毫無瓜葛似的，直至牠離世後五年，我才終於夢到牠——那是在一座灑滿陽光的森林裡，我抱著甜粿在林間散步，我們都非常開心，慢慢的，牠甚至說起了人話，只記得牠問我現在過得好嗎？牠過得很好之類的……我們聊了很多，雖然醒來後已不記得細節了，但聚焦在牠身上的陽光以及重逢的喜悅，至今仍如此鮮明。

最後是半年前因腫瘤病逝的玳瑁貓「漂漂」。牠是一隻太過獨特的貓，剛看到時手足無措，即使已經養了十年也還是無法適應，常驚嘆著不知自己到底養了什麼？那就像是鼴狗或蝙蝠等野生動物，誤入了貓的身軀，甚至在牠離世後，我赫然看見動物醫院的斷層掃描報告書上，竟然將漂漂歸類為狗！

這麼獨特的生物，我實在無法想像牠入夢的形象。有一天，我夢見自己還開書店，媒體記者來採訪我，許多奧客把我煩得要命，好不容易一一排除，和記者們來到門口小桌旁圍坐，桌椅前方即是大馬路，記者提出的問題一點新意也沒有，全都是早已回答過無數次的問題……正在心煩時，突然從車陣裡駛來一輛奇怪的車，類似鋼管女郎的花車，車身有一面全部敞開作為展示用，那車直直開過來正對著我，彷彿深怕我看不清楚似的，還停留了一點時間，然後揚長而去。

我和記者們都非常驚訝——展示的車廂內布置得像是洞穴，裡面是滿滿的動物骸骨——靠中間有一人類白骨趺坐於地，纖小的骨架看起來是女性，她右腳弓起，左腳貼地，雖說是白骨卻有眼神，那是非常安靜而穩定的視線，並不看向我，而是凝視著極遙遠的遠方，讓我忍不住隨著她的視線看過去，但遠方唯有無盡的高樓而已。在她貼地的左腳旁，緊緊依偎著一具小巧的骸骨，那緊貼的模樣，非常像漂漂病危那段時間靠著我的姿勢，而在這人貓組合的旁邊，則是數量龐大且大小不一的骸骨——似乎正是我照顧過的所有貓——全都乾淨到發白，或許因為太乾淨了，而且是我所愛的，因此不僅不令人畏懼，反而有種親切感，在夢中原本心煩氣躁的我，突然間便沉靜下來了，追隨遠去車廂的眼底，滿是傾慕之意。

醒來後我知道這是與漂漂有關的夢，牠果然超乎預期，且一如生前本色，以夢鏡照出皮相之虛幻。我也立即聯想到《紅樓夢》那面「風月寶鑑」，那鏡子正面是妖嬈美女、春色無邊，背面則是嚇人的白骨。其實《紅樓夢》本來又名《風月寶鑑》，整本書從繁盛至極來到白茫茫一片大地真乾淨，當然是一面風月寶鑑無誤。只是在我的夢中，正面唯有煩人、虛浮的現實，而背面的白骨群像則乾淨明亮、真實不虛。在夢中，我對現實的反感以及對白骨的傾慕，完全說明了在我心裡早已確認：另外那一世界，才是我（以及所有生命）的歸處。

這些貓咪的告白或者小故事，有的是夢，有的是某種「感覺」，其中不免有部分可能是我穿鑿附會，畢竟感覺的事無法提出任何證明，但如果是夢的話，我相信它仍是可以理性看待的。比如榮格便相信夢非常重要，因為能傳達潛意識的訊息，明惠法師記錄夢境的故事也非常知名，藏傳佛教亦有「夢觀」的說法，意思是日常生活中苦思不得結果之事，將會在夢中得到解答。

無論如何，這些貓咪的訊息，曾經深深地撫慰了我，即使真相未明，即使文字不可能改變讀者的生死觀，但至少，仍期望能稍微安慰到正為失去同伴動物而苦的朋友們。

不管你是什麼樣子

「樣子」是一隻貓的名字。什麼樣的貓會取這樣的名字呢？當然是樣子長得好看的貓啊，至於什麼樣的人會給貓取這樣的名字呢？那當然是對這隻貓一見鍾情的人呀——所以說這個故事理所當然的，會是個愛情故事。

樣子是以埋頭苦吃的樣子出現的。二〇〇九年牠還是幼貓時，隔著一片落地窗，牠沒察覺我的存在，正以怪手挖山的姿態狠狠對付著眼前裝貓糧的大碗。剛開始我把牠誤認為一隻成年母貓，只是當牠因某種我聽不到的聲響從食物中抬起頭時，那一臉驚恐萬狀，卻顯然是初次見面。我不敢妄動，以免驚嚇到牠，誰知突然有一片緬梔落葉掉下來，牠嚇得就像是整片天空掉下來一樣，在露台四下奔竄、醜樣百出，鬼打牆好一陣之後，總算找到逃生路線，連我都替牠鬆了一口氣。這下我看得很清楚了，是一隻骨架奇大的小貓，本以為應該接近一歲了，後來竟看見牠和同胎弟妹一起吃奶，根本是同胎的兩倍大——原來是一隻巨貓！而這表示，牠較同胎弟妹更早受孕。

後來逐漸熟悉，便開始尋思給牠取一個名字。牠的身材辨識度很高，那張臉更是不俗，眼線畫得超細心而工整，白底之上覆蓋的灰虎斑瀏海就像中分頭一樣，將一張臉均勻地分配成完美的樣子——粉紅鼻、嘴邊肉、白色大腳掌，還有暫時琥珀色但將來會變成冰玉綠的一雙大眼，顧盼生輝，完全就是造物的傑作——牠的同胎弟妹取名分別是：袖子（母）、醬子（公）、釀子（母），於是「樣子」這名字就順勢而生了。

樣子一歲時就已是壯碩的大貓樣，因較晚結紮，公貓特有的腮幫子也長全了，那副模樣真是難以形容的偉岸俊俏，牠那特有的混合驚恐（擔憂自己因親近人類而遇害）與渴望（可是還是很想吃）的眼神，滿滿的違和感和反差萌，實在太逗趣、太可愛了，即使已經很熟悉，但每次見到都還是有種心臟爆擊的感覺。

通常我們喜愛一個人，會強調對方的內涵與品行，可是，面對一隻貓，這些當然會被拋諸腦後吧？如果有人告訴你他愛貓是因為貓有各種優點，我懷疑那應該不是真愛吧？換句話說，樣子的個性真的是一無可取，明明體型壯碩，卻膽小怕事，經常不敵新來的大公貓（卻會欺負弱小），常常為此而無法回來吃飯，我擔心得在附近巷子裡搜尋餵食，這樣的情況在牠當街貓的九年期間，不知發生過多少次。最妙的是，我竟然不覺得辛苦，每次夜裡懷抱滿滿的食物和水去找牠時，都是喜孜孜的，該怎麼說呢——有種我在外面偷養了小白臉的感覺。每次牠聽到我的呼喚現身時，必會全速奔至，用力將我蹭倒在地，我試過很多次讓蹲在地上的重心更穩一點，但仍不敵牠壯碩的身材。而那張從黑暗中奔出的發光臉龐是多麼可愛帥氣啊，我那衰弱無力的心臟都依靠牠來恢復活力了。

這樣一無可取僅有外表好看的樣子，過去叫「外貌協會」，現在則稱為「顏值擔當」，不只擄獲我心，也出現了眾多粉絲。我在臉書上經常貼貓照片，很明顯樣子的讚數最多、回應最熱烈。去動物醫院時也是如此，我本以為醫護人員見多識廣，誰知他們對樣子竟也是嘖嘖稱奇、愛不釋手。最離譜的一次，恰巧那天醫院裡沒什麼客人，所有人都來圍觀、撫摸樣子——

「你看牠的腳有這——麼大！」

「眼睛也好大……就連鼻子都大！」

「牠當街貓的時候應該不愁吃的吧？走到哪裡大家都會餵牠！」

「又大又帥又乖，能養到這種貓真是夢寐以求啊！」

或是燦笑對著尚未打開的外出籠問：「是樣子嗎？」得到否定的答案後就黯然神傷……

雖然覺得這些舉止有點荒唐，但還是頗引以為傲，或許就跟小孩考試滿分的感覺相當類似吧？可是體內另一個愛抬槓的人格卻又忍不住說起樣子的壞話，我說起牠超級膽小，毛病又多得跟山一樣……誰知醫生竟絲毫不同意，他們說樣子一點都不膽小，你看牠被眾人圍觀摸摸卻還這麼鎮定，如果膽小的話會是這樣（模擬膽小害怕的表現），還有，胖雖然不好，但多少表示牠身體機能健全，就算有也是一些小毛病而已……後期牠出現甲狀腺亢進症狀，我形容牠在家會暴衝並發出「嗷嗚」的嚎叫，醫生秒回：「完全看不出來！」，真讓我傻眼，很想搖晃醫生的肩膀提醒現在是看診時間，不是粉絲見面握手會好嗎……但也由此可見，愛是盲目的。

更不可思議的一次，是在某個文學獎頒獎典禮。我領完獎下台時，那位素未謀面的主持人，竟然在如此盛大隆重的場合裡，當眾向樣子告白，承認自己是樣子的粉絲，甚至連體重多少他都記得一清二楚！那時有朋友打趣道，這下子全台灣都知道樣子體重八點七五公斤了。

樣子的盛世美顏一直持續到二〇二三年左右，牠十三歲了（人類年紀已近七十），我感覺到牠開始出現老態——比如跳上椅子常常摔下來，本來就不好的腸胃和牙齒更糟了，洗牙時更發現有齒吸收的問題，牙齦內的牙根消失無蹤，或許因此，嘴角和下巴都有粉刺，連帶胸口一片濕疹，原本白底的毛開始出現斑斑點點，頗類似長了老人斑，此前多次試圖減重都告失敗，那時體重卻自然地往下掉了，二〇二四年掉到七字頭時，有位醫生說這樣還是太胖了，但我已經有預感——樣子或許已經無法陪伴我太久了。

眼睜睜看著牠那偶像般的美貌走向衰敗，我自然也有點感傷，但莫名的還是覺得牠超帥的，大約也是這時期，我開始不停地讚美牠很帥，不久以後，牠竟認為「帥呀——」（呀字尾音拉長）就是牠的名字，每當讚歎著「帥呀——」時，牠必定回頭並且出聲回應！屢試不爽之後，真有種恍然大悟的感覺：「天啊我這笨蛋貓奴，竟然到了十四、五歲才找到牠的本名！」

但我是真心覺得牠即使出現老態還是很帥，甚至是更帥了，因為每次看著牠，過去一路走到現在的景象也歷歷在目，這條路一點都不輕鬆，很有可能牠此刻是不存在於此的（其實我也是吧）——

樣子長達九年的街貓時期曾遭遇多次危機，生病、受傷自然都是有的，還消失過好多次，遭惡貓驅趕、行進路線中的屋子被拆除、討厭貓的鄰居設置路障，甚至就連淡水有名的大拜拜也能將牠嚇壞而神隱，也曾多日遍尋不著，終於布下剪刀找貓陣，還曾幾次在廢墟裡將牠一把抓起，緊緊抱住牠衝過人潮洶湧的老街（引起一陣驚呼），將牠帶回書店，直到有天我閃到腰、扭傷手為止。

最艱難的是我因病決定將書店收起的時候，當時送養了許多貓，但那時樣子已經八歲且是愛滋貓，竟無人認養，最終只能將牠留給接手的「無論如河」書店照顧。起先樣子都會回去吃飯，不久，書店的朋友告知已很久沒見到牠了，我開始每天擔憂、流淚，並且連續三次夢見樣子已經來到我家了，醒來時我是多麼開心啊——終於，我無法再考慮家貓超收的問題，決心要將樣子帶回家！

在淒風冷雨的深夜廢墟裡，我以密語呼喚了好久，就在嘴瘆得快要抽筋，幾乎要放棄時，那熟悉的身影終於從遠處的高牆上出現了！生性多疑的樣子以極緩慢的速度接近，步伐遲疑不定，臉上寫滿了問號，顯然不敢相信眼前這個人就是我，等到牠終於足夠靠近，完全確認了我的身分之後——天哪，那累積了幾個月的思念朝我飛奔而至！即使當時已經變瘦的牠，仍然瞬間就把我蹭倒在地了——我很清楚，樣子從高牆上現身的那一瞬間，絕對是我人生中最重要的幾個回顧畫面之一。

樣子成為家貓之後，我曾無數次地對牠說：「當初有帶你回家真是太好了！」每一次牠都像是聽懂了一樣，熱烈地用頭撞我並出聲回應。雖然牠到家以後，果然如我所料地出現各種亂象——比如剛開始牠習慣躺在我肚子上，而討厭牠的蓓蓓則準確無誤地，尿在牠躺過的任何地方；體型不到牠一半的漂漂似乎理解牠是家裡最強的，於是嘗試以各種方式打壓牠，最可恨的是趁牠上廁所時從背後揍牠，導致屎尿噴濺、溢於盆外，真可謂金玉滿堂，不久又因對打，兩貓各傷一眼……，讓我疲於奔命。

更別說樣子的種種毛病了：因為太膽小，一點風吹草動就大受驚嚇，每當家裡有客人牠甚至會緊張到頻尿，為此帶去醫院照超音波的次數真是數不清。為了牠的腸胃我更是用盡各種方法，還以排除法找出過敏原極可能是雞肉，導致其他貓也都不能吃雞肉飼料，開罐頭前也得詳閱成分表……即使如此，牠還是長年軟便、腹瀉，許多藥物都不能吃，尤其抗生素更是上吐下瀉。偏偏樣子因體型過大清不到屁股，便便當然就抹得到處都是，所以我總是神經兮兮的，一旦發現牠大便了，甚至連睡夢中也起身幫他擦屁股。妙的是牠竟然願意讓我清潔，每當我唱起「擦屁屁之歌」，牠就乖乖過來讓我擦乾淨。另外因為牠不愛吃罐頭，我還有「吃罐罐之歌」，此曲需搭配梳毛，當然還有「吃藥藥之歌」、「無事純讚美之歌」等等。

以上種種儘管過程不輕鬆，但我們終究一起度過了，等到最黏我的甜粿離世後，沒有貓會和牠搶睡在我身上的位置，牠便固定睡在我胸口了（我有一本散文集便是以此畫面作封面）。不知道為什麼，晚上就寢時間，當樣子來到我胸前躺下，把頭放在聽得到我心跳的位置，用腳抵住我彎曲的右手肘，便有一種行星回到軌道恢復運行的感覺……很難讓無經驗的人相信，為什麼一隻貓接近九公斤的重量，毛茸茸熱呼呼的，還不時在我身上演出追逐打鬥的戲碼，卻是我安心入睡的保證？但過去曾吃安眠藥十多年的我，確實是和貓同床共枕後戒掉的。

就這樣我們一路來到了二〇二四年，牠的樣子不如以前好看，體能也逐漸衰退，各種毛病浮現，從肝指數過高到確診甲亢，牠吃了一整年的藥，等到二〇二五年春天滿十六歲時，牠出現了低血鉀症狀和嚴重的貧血，必須立即輸血。

我對給貓輸血不抱好感，因為過去不管親見或耳聞，輸血大多只是治標，每次聽說有人不斷給貓輸血，我總是歎息，因為覺得那只是延長貓的痛苦而已。儘管如此，我還是決定立即給樣子輸血。當天是周日，其他醫院都休息，所以是我自己帶著血樣，去找有血庫的醫院配對，總算買來了兩袋血，恰巧那天是我第一次騎機車載貓上醫院，路癡的我載著如此昂貴的血（約為國民平均月薪），果然還是迷路了，那時好怕把血掉在路上，或者在烈日下腐壞……好不容易回到原來的醫院後，因為擔心排斥，醫生以極緩慢的速度為樣子輸血，直到晚上才去接牠回家。而比我更驚嚇的樣子，在回家的路上尿了超多尿，從外出籠滿溢出來，裝滿了整個大袋子……

第二天牠精神好轉，我很開心，相信輸血原來還是有用的，樣子還會陪伴我很久，但隔天，牠萎靡不振，吐得一塌糊塗，並且高燒送急診……接下來就是這樣，病情起伏反覆，驗血指數慢慢轉壞，期間做了各式各樣的檢查，將所有可能的病因都排除之後，僅剩下「愛滋造成的造血不良」這個可能性了。接著，血溶比再次低到了必須輸血的地步，才過了半個月而已……

在這半個月裡，我看著樣子出現各種不適，對輸血排斥、對藥物過敏，忽而眼神明亮、盡情撒嬌，轉眼卻又精神萎靡到幾乎失去意識……每當我抓住牠硬是在牠喉嚨裡塞進膠囊、補血錠和鉀離子補充液，之後牠軟趴趴地仆臥在地，把頭轉開不願看我時，我感覺自己簡直就是在虐貓！並且非常清楚地感覺到牠想傳達的許多訊息，首當其衝的就是：「我不要再吃藥了！」（後接很多驚歎號），接著是：「我對你很失望。」還有一個是，牠希望在自然的狀態下乾乾淨淨離開……這些訊息非常強烈，即使久遭理性遮蔽的我的感受器也接收到了，然而，有哪隻貓是願意吃藥的？我怎可能因為貓不吃藥就放棄治療呢？可是，樣子的體質一直和別的貓不同，牠從以前就有種種過敏，我猜想，不，應該說我很清楚，當時已服藥一年多的牠，是真的已經受夠了。

這半個月裡我認真考慮不再輸血，甚至連服藥都放棄的可能，因此當醫生宣布必須輸血時，我搖頭了，醫生警告有可能會休克而離開，我問他貧血休克會痛苦嗎？他說不會，只是很虛弱，在昏沉中離開而已，我點點頭表示接受這樣的結果。其實過去已有一隻黑貓「綠豆」是這樣離開的，牠走的時候就像睡著一樣，連位置都沒移動過。儘管做了這個決定，但仍給樣子打了造血針，明知過去打了幾次是完全無效的，接著又拿了可能也是毫無作用的藥回家。

回家後我依然遵照醫囑給樣子餵藥，但愈來愈心虛，打從心裡想放棄卻又不敢。我認為此刻的樣子其實不見得是真的罹患什麼重病，甲亢、低血鉀和貧血這些病名，其實都是身體機能老化，即將放棄這副軀殼而顯示出來的結果而已，我真的要這樣頑冥不化地繼續給牠的身體灌注毒藥，增加牠的痛苦嗎？

四月十一日晚上，服藥幾天後的樣子呈現完全無意識的狀態，全身發軟躲在暗處，不知是睡或昏迷，我跪在地上看著牠，感覺自己和樣子的心意不再相通，似乎牠的心已封閉起來了？我痛哭了一場，記得那天滿月非常明亮，我對著月亮發誓，如果樣子能度過今晚，接下來我絕對不會再給牠吃藥了——第二天早上，樣子恢復意識，我真的不再餵藥了，並排除一切外務，每天待在家裡全心全意陪伴牠，度過了最後的三十九天。

現在回想固然覺得三十九天很短，然而當時卻像是永無止境——原本以為那麼嚴重的貧血，牠必定很快就會離開，因此我一定要讓牠開心度過最後的日子。果然牠吃得非常少，幾天後聞到食物的味道還會想吐，接著有好一陣子不進食只喝水，我想著時間或許快到了吧？不斷上網蒐尋貓可以多久不吃、怎樣照顧臨終貓是最好的方式等等，但一切資訊都不如幾位資深貓友。

四月二十八日，多日沒吃東西的樣子突然小跑步過來搶咖哩的零食，可那是牠會過敏的雞肉口味，我猶豫了兩秒，想起絕不干涉的原則，就放任牠吃了，只要牠高興，做什麼都可以。接下來有一段時間，牠食慾精神稍微好轉，我又開始幻想——說不定奇蹟真的發生了？我甚至覺得，世上如果有奇蹟，那必定是發生在樣子和我身上，根本沒什麼好懷疑的，因為奇蹟總是因愛而生。

可是，難題來了，看著牠病情好轉，說不定有機會活下來，我是否要再次送醫呢？然而，在這想法的同時，我卻也完全明白，若是此時再度輸血、服藥，樣子必定會在各種過敏與不適中痛苦離世……我到底該怎麼辦呢？即使照護經驗豐富的我仍然失去了方向，或許因為過去都是醫療到最後一刻，只要聽醫生的就好，但這次必須自己面對。我甚至上網詢問塔羅牌，也動念要尋求此生從未找過的動物溝通師協助，問題是我根本不相信，那麼即使問了又有什麼用？我甚至開始羨慕起有宗教信仰的人，他們有上帝或菩薩當靠山，而我卻只能在一片迷霧中，不，根本是深陷泥沼中，舉步維艱……但我必須說，我內心深處是清楚的，我知道樣子此時是在自然狀態中走著最後一哩路，目標是將這老舊的軀殼拋掉，我應該陪伴而不介入，可是，即使心裡很清楚，卻仍不敢相信自己，因為，萬一我錯了，那該怎麼辦？我照顧樣子一輩子可說是無微不至，如果最後的醫療成為敗筆，那將會成為我永遠的虧欠與痛。

就在此時，一位溝通師友人傳訊給我，據說是她在臉書上看到樣子的照片，突然間就和牠說上話了，樣子請她務必轉達的話首先就是：「我不要再吃藥了！」這句話講了五次！接著又順便打了小報告，說我緊張兮兮管很多，讓牠曾想外出流浪，還說雖然牠不用看醫生，卻囑咐我務必記得看醫生……

第一時間我只相信了一半，因為樣子不願再吃藥的意念真的太強烈了，我不可能接收不到，而我管很多這件事也是真的，簡直就是個嘮叨的老媽子。至於牠想流浪的願望，則是我反省了很久以後才相信的，尤其是因為某次搬家，牠和咖哩曾從極小的出水孔溜出去，後來堵住孔洞之後牠們吵了好久……總之這次經驗，讓鐵齒的我對動物溝通更加信任了。

但我還是無法下定決心，因為看著曾經帥氣肥美的牠瘦成皮包骨，實在太難受了，我幾乎每天都動念想找醫生到府安樂，有天對貓友說我決定找醫生來結束牠的痛苦！剛說完，轉頭就看見牠睡到翻肚……貓友說這表示牠並不痛苦欸，於是我又暫時打消了念頭。或許我能堅持到最後，主要原因是我始終沒有感覺到牠的痛苦，儘管逐漸瘦弱無力，但牠的心緒是飽滿而清澈的，那或許不能稱之為快樂，但至少是安定和愉悅吧？每天只要我一靠近牠就呼嚕個沒完，跟前跟後不斷撒嬌，我外出時還會等在門口，這情況一直持續到最後。

最後幾天，出現了臨終貓常有的「觀水」現象，經常進去浴室、靠近水源，除了原來的飲用水之外，當我多給牠一大盆水時，牠是多麼雀躍啊！傳說中貓觀水因為水是潔淨的生命泉源，或許是吧？只是在我看來，樣子最後一段時間瘋狂飲水，除了因為身體機能衰退感到口渴之外，也像是在淨化體內累積的毒素，到最後身體實在衰敗到無法喝水了，才變成只能「觀水」。

某天牠像往常一樣，趴在我看書的手上，擋住我的視線，當四目相對時，我無法克制地讓淚水與鼻涕齊奔流……而牠只是靜靜地看著我，似乎牠什麼都懂了，那眼神一點都不像過去驚恐萬狀的牠——認識樣子這十六年來，我第一次感覺到牠比我更成熟，而且竟是如此貼心而溫柔。毫無疑問的，最後這三十九天，我們的心意是相通的，只要我有所疑慮，牠會找到各種方式來安慰遲鈍、愚笨又固執的我，真的是辛苦了。

二〇二五年五月二十日，清晨驚醒看見鬧鐘顯示時間為4：44，我立刻查看樣子的情況，發現牠已站不起來了，我知道時間到了。有幾次牠呼吸變得不順，我趕緊趴在牠身邊，這時咖哩竟也湊近來，以牠響徹雲霄且持續極長時間的驚人呼嚕聲，撫慰著樣子和我，我從沒聽過如此美妙的安魂曲！其實咖哩本也和其他母貓一樣討厭樣子，還常常對牠哈氣，沒想到當樣子身體開始走下坡之後，吃藥多年的咖哩盡釋前嫌，經常舔牠的頭予以撫慰。

就這樣我和咖哩一直陪伴樣子睡睡醒醒的，直到下午三點多，樣子呼吸又開始急促了，咖哩也立刻啟動呼嚕聲療癒模式，當然我也唱了好幾次樣子的主題曲，不斷地親著牠的額頭，最後我看著牠，發自內心地說：「現在就是你最帥的樣子。」牠睜大眼睛看著我，身體想必是痛楚的吧，但是眼神清亮，互相凝視的我們之間毫無隔閡，我知道屬於樣子的這一課是認清肉眼所見皆虛妄，而我們現在要下課了——

在自己選擇的磨石子地板上，牠側躺著，輕輕地吐出幾口氣，發出有點像陶笛的聲音，前腳踩著我看不見的什麼，慢慢地踏步了幾次，然後是後腳——那姿態簡直就像在飛翔，最後，前腳就像蕨類休眠時那樣蜷縮起來，也有點像馬長途奔跑後身體往上仰，接著捲起前蹄的動作，然後，一切就停止了——我們當然有所謂理性的解釋，那是臨終時大腦不正常放電，然而，那幾乎可用優美來形容的姿態，不管怎麼說，真的很像牠正在奔向牠的星球，而且很快就抵達了——只用了人類時間十六年又多一點。

儘管人類的語言非常貧乏，但我仍試著翻譯牠最後的話，而那竟然非常接近小王子將接受蛇吻之前說的：「你明白的吧，我的朋友，回去的路太遙遠了，這副身體無法帶走，它太重了……但是對於這副被遺棄的老舊身軀，我們沒什麼好難過的……雖然這看起來會很像死亡，但你明白的吧，不是這樣的，我只是太想念我的星球罷了……不要難過，我現在要回去了，我的朋友，再見了。」

樣子，再見了，謝謝你來到我身邊，謝謝你選了五二〇這個日子——我也愛你。

貓眼星雲

第一次見到這個人，是在一個春天的晚上。他嘴裡不斷地發出一種奇怪的聲音，從遠處往我和媽媽以及妹妹所在的巷子裡逐漸靠近……那是什麼樣的聲音啊！我非常詫異，因為我這輩子——儘管我才出生三個月而已——從未聽過這樣的聲音。那是尋找心愛之物的焦急的聲音，是明明已經絕望卻仍堅持呼喊的聲音，彷彿出聲的人已被聲音控制住了那樣的可悲的聲音。

當那聲音轉入巷子裡，那人形的黑影邊緣鑲著一圈路燈的光，愈來愈靠近——奇怪的是，我並不害怕，反而有種熟悉與親切的感覺，儘管如此，我仍然選擇躲在角落觀望，這是媽媽教我的，也是所有野生動物明哲保身的基本。意外的是，媽媽竟朝他奔了過去，甚至以牠的身體去磨蹭陌生人的褲管！

這個悲傷的人愣了一下，低頭看著媽媽，接著便輕輕地蹲了下來，非常溫柔地撫摸著媽媽拱起的背，媽媽來回反覆地磨蹭著他，將牠身上和臉頰上的腺體，盡情地塗抹在人類的身上，而他原本僵硬冰冷的身體，似乎也變得柔軟而溫暖了許多，更重要的是，他立即將袋子裡的罐頭取出，用湯匙挖出來裝在碗裡，小心翼翼地呈獻給媽媽。

我繼續待在隱蔽處看著，妹妹們則是非常激動，兩個都在稍遠處奔跑跳躍，卻都不敢靠近，於是人類便輕手輕腳地退到遠處……妹妹們一擁而上，牠們難看地搶食，發出嚇人的嘖嘖聲，食物在一瞬間就被吃乾抹淨了！只聞到香味而一口都沒吃到的我，當然也有點遺憾，可我還是堅持原則，不能對第一次見面的人如此信任，這不僅是明哲保身，還關係著貓的尊嚴。

事後，媽媽和妹妹對人類呈獻的食物評價非常高，居然說是今生吃過最美味的！此後，他每天深夜必定會前來餵食，妹妹們也逐漸放鬆警戒，但他還是會退到遠處，好讓我也能吃到飯。確實，就如媽媽牠們說的，他提供的食物非常美味，幾乎讓我失去防備心，可是，我卻不怎麼喜歡他蹲在遠處看著我的表情……該怎麼說呢？他似乎非常有把握，認定我不久以後也會像其他貓一樣，落入他的掌握之中。

有天，媽媽獲得了一個名字：「巧克力」！其實這不是牠的第一個名字了，因為牠太親人，過去已經被取過很多名字，通常都是：斑斑、喵喵或小虎之類的，然而牠每獲得一個名字，都還是非常開心，彷彿這才是真正且唯一的，那個名字。

至於這名字的由來，似乎是因為媽媽身上的虎斑是巧克力色的，而且牠實在太黏人、太甜美了，程度可比能讓人類心情變好的巧克力。雖然挺不錯的，可我唯一一次接觸這種食物，卻被那噁心的味道嚇壞了，憑直覺便知道這對貓族是有毒的。

＊＊＊

媽媽和妹妹每天晚上都待在巷子裡，癡癡的等，好不容易，當那個熟悉的腳步聲出現時，牠們發出驚人的呼嚕聲，互相推擠著，一起簇擁在巷口熱烈地歡迎……由於我實在看不慣牠們這種露骨的行為，因此，已經發現人類住處這件事，我沒讓牠們知道。

那是一次試圖擴大地盤的冒險，我發現某個地方傳來很複雜的味道，於是便高踞樹梢上，觀察一間位於二樓的老房子：破掉的紗窗洞有貓穿越，還有一片面河的大露台，陽光灑在滿是抓痕的木地板上，幾株盆栽的土裡都有排泄物，屋簷下則有一些紙箱，裡面鋪著軟墊，兩個裝滿食物的碗，幾個大小不一的碗公裡則裝著乾淨的水……就在我目瞪口呆之際，突然聽到一個熟悉的聲音，四周出現一陣騷動，幾隻貓紛紛從藏身處竄出，飛也似地奔向那片露台！

然後，我便看見人類了。他在露台上，把好幾個罐頭和碗擺在桌上，一邊對群貓說話，一邊把食物倒進一個大碗裡，還加了一些可疑的粉狀物，但圍繞著他的貓咪們不疑有他，有些激動地大吼大叫，有些則不安地來回跳動，也有為了占據最好的位置而大打出手的……看著牠們用餐，我強烈地懷疑：這裡的伙食比人類每天帶給我們的更美味！

當眾貓全都安靜地沉浸於美食之際，人類居然看到了我，他非常驚喜地站起來，對著我的方向呼喚著……可是，等一下，我沒有聽錯吧？「潑潑」？這是我的名字嗎？我也有一個名字了嗎？一時之間我承認我有一點激動，或許因為，這是我的第一個名字吧？我可不像媽媽那樣人盡可親。當然，我並未接受他的呼喚，儘管肚子有點餓，但我還是帥氣地轉頭離開了。

那天晚上，他第一次來到我的夢中，與此同時，我也進入了他的夢，事實上，在這個時候，我們的夢境是共通的，或者你也可以這麼說：我們在同一個夢裡。

夢裡的溝通方式比現實生活中好多了，因為我們並未攜帶沉重的身體，也不需要語言，當他凝望著我，我便理解了一切。我知道是因為我身上的花色像潑墨畫，而且又很潑辣，所以得到了「潑潑」這個名字。

我也能明確地感覺到他的善意，更重要的是我能看見，在他的組成結構之中，有一種非常沉重又陰鬱的悲傷，這悲傷已經快要將他壓垮了，他根本沒有能力加害其他生命。

我甚至還理解了，不僅是我需要他的餵食，他也需要我（雖然原因在我醒來後便遺忘了），於是，我在夢中接受了他的邀請——當我從圍住露台的矮牆上一躍而下，四肢落在那片木地板上時，我感覺這個畫面已經發生過不知多少次了——而他也和我有同樣的感覺。

幾天後，現實抄襲了夢中情節，在屋頂上來回遲疑了許多天的我，終於躍上那堵矮牆，來到了那片命中注定的露台上。只是，多日來人類呼喚我的聲音，似乎將妹妹吸引過來了，我發現牠在稍遠處窺探著——我有一種做壞事被活逮的感覺。

人類非常開心，立刻張羅食物，但他身邊的貓對我的來訪自然是不開心的，牠們很緊張，喉嚨裡發出各種不贊同的威嚇和噓聲，有隻母貓緩步靠近，試圖攻擊我，我聽見他喊：「可可，不可以！」這時，身為入侵者的我自然必須正面迎敵，我動也不動，毫不膽怯地瞪視著牠，正在構思下一步該怎麼做的時候，沒想到這傢伙的眼神已經開始飄移了，顯然是被我的氣勢嚇到了。

牠一邊假裝身上很癢需要理毛，一邊又想做出自然地往回走的模樣，結果就絆倒了……我暗自竊笑著。要知道，占領新的地盤是非常困難的，但只要挺過第一隻貓的挑釁，接下來就容易了。

然而，我之所以能第一時間就在此站穩腳步，最大的原因是，這個地盤的老大——一隻壯碩的黑白貓，人類叫牠「仙草」——牠對我一往情深，我若叫牠往東，牠絕不敢往西，所以，儘管我是第一次來，卻成了此地的首領。

***

在此過了幾天好日子，很快的，我擔心的事還是發生了，妹妹開始在附近徘徊。牠那純白的底色襯上濃冽的咖啡色以及綻放其上的亮麗金黃，還有那顆渾圓花俏的屁股，整個真是再顯眼也不過了……終於，人類也看見了，他驚喜地咦了一聲，接著便開始呼喚了：「花花」！

我簡直不敢相信我的眼睛，我那愚蠢的妹妹，竟然在人家第一次呼喚時就毫不遲疑地，像一支箭一樣地朝著這個方向筆直飛奔而來！我從來不知道，牠那四條肥短的白腿竟然可以跑那麼快！我太驚訝了！更離譜的是，當牠全力奔馳跳上露台之後，就像早已排練過許多次那樣，以連續動作，絕無破綻地路倒於人類的腳邊，並毫不設防地將牠那顆柔軟的毛肚子翻出來給人家摸，一邊還扭動著，將四條短腿朝空中揮舞，兼且發出不知有多銷魂的喵喵叫聲……我真是快吐了！

我立即轉身離去，不願承認和妹妹的關係。反正，貓族本來也是如此，一旦斷奶之後，我們就得自食其力，就算是曾經相依為命的媽媽或同胎兄妹，也很快會成為搶食物和地盤的敵人——重點是，我剛剛聽到什麼？「花花」？這名字也取得太隨便了吧？每隻三花貓不都叫花花嗎？——我從鼻孔裡噴出一聲輕蔑的恥笑。

假裝不認識妹妹地待在露台上，幾天後，我親眼目睹牠再次做出可恥的行為！我先是懷疑牠心機很深，想籠絡人類，繼而又覺得似乎不是，應該是妹妹不太放心人類，擔心他吃不飽，所以帶了食物給他——真是夠了！

牠先抓來一隻飛蟲，非常謹慎地將翅膀全部咬掉，但沒有傷及生命，接著，恭敬地咬住那扭動的肥美小蟲，跨過那道我至今仍不願跨越的門檻，進入室內，並將那條蟲安放在人類的腳邊，然後，最噁心的來了——妹妹端正肅立，將尾巴圓滿地圈圍住屁股和腳，微微抬起下巴，用牠那閃閃發亮的雙眼，深情地凝視著人類！

完全不意外的，人類整個都酥軟了，他驚喜不迭地對妹妹連聲道謝，一人一貓黏在一起，互相磨蹭、撫摸，訴說著永無止盡的甜言蜜語……然後呢，聽聽看人類在暈頭轉向的情況下說出了多麼不合理的話，他說：「花花，你就是我的巧克力！」

說個題外話，可可也帶了食物給人類，是一隻垂死的老鼠，但是人類一點也不高興，還發出了恐怖的尖叫聲，不知道是怎麼一回事？可可想必也感到困惑，於是連續帶了三隻老鼠來，一隻比一隻肥碩，到第三隻的時候，不知感恩的人類竟然把鐵門都關上了。

***

更糟糕但也不意外的是，媽媽和另一個妹妹也來到了露台上，虎斑的妹妹被取名為：「小可」，只因牠長得像可可……唉，依我看，人類取名是愈來愈隨便了，更何況小妹根本一點也不像可可。

在露台上第一次遇到媽媽時，我狠狠地教訓了牠一頓，但其實我只是作作樣子，主要是給其他貓看的，並未真正出手，然而，那無知的人類卻在旁驚呼：「潑潑！你這個不孝女！」當然我不予理會，因為人類根本不會懂，就算是生養我的媽媽，我也必須拿出地盤擁有者的威嚴，否則就會淪為像可可那樣的弱勢，讓貓瞧不起，這就是貓的行事風格、貓的社會倫理。

接下來，便開始了我每天看著媽媽與妹妹向人類撒嬌獻媚無上限的戲碼。牠們身上就像有黏膠一樣，緊緊黏在人類身上，就算人類只是蹲下來清貓砂，牠們也要爬上大腿和背上去；而且牠們身上好像沒有骨頭一樣，人類只要一摸牠們，牠們就軟倒在地，還不斷地扭來扭去……每天觀看這種畫面，我的綠眼簡直要翻到腳後跟去了！

還有一件事也讓我挺在意，身為貓，勉強接受人類的供養，那是無可厚非，因為我們的地位確實較為尊貴，但是，人貓該有的界線還是要劃分清楚，媽媽牠們隨隨便便地越過門檻，進去人類的房間，我認為是不可饒恕、毫無貓格的行為，也可以說，這就是牠們墮落的第一步。

有一天，人類準備開罐頭之前，蹲在水龍頭前面，慢吞吞地又洗又擦，但就是不肯放飯，我不知他在磨蹭什麼，其他的貓咪也都發出瘋狂的催飯聲，這場景讓我壓抑許久的厭煩到達頂點，再加上當時我已懷孕，無法忍住飢餓和不舒服，於是我崩潰了——生平第一次我走向他的身邊，起初他還以為我終於要對他示好，臉上帶著驚喜，然而，我卻將銳利的爪子全部亮出來，用盡全力抓向他的手臂——

然後當然是一場混亂，血液和他的驚呼聲噴湧而出……那一瞬間，他非常憤怒，完全變成另一個人。他隨手拿起一個裝水的碗，把碗裡的水全都潑到我身上，接著還對著我大聲怒罵，暴跳如雷地將我驅離了那片露台。

那天我自然是沒能吃到罐頭，我一直等到他進去屋子裡，或是外出，才到露台上吃比較難吃的乾飼料。我心想，以後我大概都吃不到罐頭了吧？真是有一點可惜。

只是很意外的，下次再遇見他的時候，他卻連聲地跟我道歉，還對我噓寒問暖，並慷慨地讓我獨享了一個罐頭。看來，他對於自己情緒失控感到非常抱歉，還有，他想必看得出來我的肚子已經很大，所以給我加菜了。

不是我自誇，我雖然人緣不太好，走在街上時，人們會稱讚妹妹漂亮又可愛，對我身上潑墨般的花色卻無法欣賞，顯然人類的審美觀太落後了，但我根本不在乎，因為我的公貓緣可是好得不得了。我的追求者眾，其中有些公貓還是妹妹心儀的對象，可惜牠們眼裡只有我，當牠們追著我跑時，妹妹們追在牠們身後，發出悲鳴！

也因為公貓緣太好，我未滿一歲就生下了孩子，並在附近各暗巷裡四處遷徙，為兩隻幼貓哺乳。我的第一胎是一公一母，兒子的毛色就像這一帶經常可見的金色夕陽，照耀在河面上；女兒的毛色則像落日最後的餘暉，在黑暗中閃耀出波光點點。

等孩子到達應該斷奶的年齡時，我立刻將牠們帶到露台上，因為在我叼著孩子搬家過無數次之後，我終於確認了，位於二樓的這裡還是最舒適又安全的，更別說食物還是無限量供應，唯一的缺點就是，在這裡養小孩，我必須非常強大，因為競爭實在太激烈了！

人類非常驚喜地迎接我帶來的孩子們，他為我兒子取名為：「小橘」……唉，我實在覺得很遜，因為所有的橘貓都叫小橘啊！但沒想到女兒的取名卻又太脫離常軌，因為牠全身幾乎都是黑色，僅四隻腳上有橘色斑紋，所以叫牠台語的：「肉腳」……我的天。

***

媽媽在我之前又生了一胎，牠的小貓又多又善於巴結人類，不像我兩個孩子都懂得要和人保持距離，但也因此，每當開罐頭時，很快就被搶食一空。有時我必須將所有的貓驅離，再拚命地呼喚孩子前來，牠們才勉強能吃到一些。幸好我在飲食無虞的情況下，奶水充足，我決定雖然孩子已經有點過大，但還是繼續哺乳一陣子。

可以想見，露台上貓口已經超載，太多小貓胡鬧奔騰，母貓呼喚小貓的音量也頗驚人，終於引來了不懷好意的傢伙！

當那隻胖大的虎斑公貓出現在矮牆上的時候，眾貓噤聲，除了我以外，沒有貓敢直視。牠一臉橫肉，傷痕多到簡直覆蓋住牠原來的虎斑，更嚇人的是牠那野蠻而無所畏懼的氣味，顯示著牠是絕對的強者。而當牠環顧四周，發現竟全都是老弱婦孺時，氣焰就更盛了！牠立刻擺出戰鬥姿態，並發出你所能想像的最恐怖的威嚇聲……媽媽和幾隻小貓都躲起來了，我看見孩子們瑟瑟發抖，甚至開始四竄逃生，我便知道，這一次若是退讓的話，將來就沒完沒了。

我的行動比思考更快，在察覺以前，我已經一躍而上，就落在牠旁邊的矮牆上！我將四肢站穩，全身毛髮豎立，背部最大限度拱起，並以貓咪通常會藏起來的最脆弱的側腹面對牠，步步進逼——其實這樣的姿勢對自己非常不利，除了保護小貓的母貓之外，絕不會有任何一隻貓會這麼做，換言之，這等於是宣告老娘決定以命相搏！所以即使是牠也愣住了，牠稍微往後退了一步，此時，我便知道我已經贏了！

我發出這輩子從未發出過的淒厲怒吼，直直撲向牠那張大臉——要知道，母貓的以命相搏絕非虛言——牠果然退縮了，緊急跳回鄰居的屋頂上，但因為這實在太沒面子了，牠仍悻悻然地徘徊著，不願就此離開……此時，不知從哪裡冒出來的人類，捧著一大盆水對著牠潑下，並喊道：「胖虎滾開！不要再來！」牠才終於逃走了。

此時，露台上有如雨過天青一般，恢復平靜，眾貓莫不歡欣鼓舞，大啖飼料、罐頭和貓草。而人類則對我佩服得五體投地，仰慕的話語不絕地從他嘴裡流出……當然，我也有一點得意，忍不住發出了今生第一次的「喵」叫聲。

其實這種聲音並非貓族的語言，是我們開發出來專門賞賜給人類的，可說是相當弱智的發音，連語言都算不上，但人類都很喜歡，幾乎是受寵若驚地接受了，最可笑的是，他們還會跟著喵喵叫，不僅喵出來的聲音難聽死了，而且總是夾帶錯誤的訊息（比如挑釁或發情），但他們一無所知，繼續喵喵叫著，真的是太蠢了。

＊＊＊

直到此時，我才發現媽媽老了，牠不知已生過幾胎，恐怕連牠自己也搞不清楚了吧？為了給小貓哺乳，牠耗費太多體力，所以這次強敵來襲，牠已經無法挺身而出，保護我們了。但其實，我痛擊敵人的那一招，就是跟媽媽學來的，沒想到才過了不久，牠竟已衰弱至此。

或許人類也發現了吧？有天，從不離開露台的媽媽不見了，本來牠的小貓們一直無法成功斷奶，然而那幾天媽媽不在，人類又特別加菜，讓我們吃得比往常更豐盛，小貓們也頗感驚豔，總算都成功斷奶了。

只是，好不容易小貓們盼到媽媽回來的時候，牠竟已完全不一樣了——牠的耳朵缺了好大一塊，還有點流血，身上的味道非常刺鼻而詭異——小貓們都圍在牠身邊嗅聞個不停，有些還因為恐懼而暫時退避，直到發現兄妹們都在吃奶，才趕緊迎向前去湊一腳。

然而，在我看來最大的不同，是媽媽以前那種悠閒自在的態度消失無蹤了。牠一臉愁苦，變得疑神疑鬼，甚至當人類出現時，牠竟落荒而逃，躲在露台的角落。接著，媽媽在露台上度過若有所思的兩天之後，便把小貓們都帶走了。深夜我到處遛達時，發現牠已經回到了原來的小巷子裡。

人類開始以淚洗面，並且以悲慘至極的哭腔在街上呼喚：「巧克力、黏黏、比鼻、醜醜……」原來，這些是媽媽帶走的小貓的名字。於是我也終於知道了，第一次見到人類時，他也是在做同樣的事情，當時他在找的貓咪們，似乎完全失去了蹤影，可是他卻意外地遇見了媽媽和我們姊妹，這也就是我們之所以會在這裡的原因。

媽媽又回到老地方，人類自然立刻就找到了，餓壞的小貓們一聽到他的呼喚，全都跑出來迎接，並且不斷地哭餓，儘管媽媽厲聲喝斥與勸阻，卻都攔不住。於是，人類再度每天晚上來到巷子裡餵食。

因為曾經過著太優渥的生活，突然落到僅有消夜可吃的街頭，小貓們後來都病了，本來牠們很親人，因此人類可以徒手抓來餵藥，但很快的，小貓都變得很怕人，人類的手一伸出來，牠們就逃走，最後，三隻小貓都死了。

那陣子我總是盡量避開人類，因為他全身上下散發出一股陰森與不祥的氣息，感覺若稍微靠近一點，就可能會沾染到，我才不要。後來我才知道，媽媽消失的那幾天，原來是被人類抓去醫院結紮了，而這表示媽媽以後都不會再懷孕生子了。

＊＊＊

有天，我從飼料碗裡滿足地抬起頭，竟看見媽媽的另一個小孩——因為白底套著芝麻糊色小背心，因此被取名為「小芝」——獨自在地板的破損處玩獵物遊戲。

牠兩眼瞪得很大，屁股隨著只有牠能理解的韻律而搖擺，不斷重複地撲向黑洞又竄出，一下子扮演獵物（表情驚恐），一下子又成了掠食者（眼神凶狠）……我瞠目結舌地看著牠自嗨的傻樣，有點無言，繼而又想到，牠似乎是媽媽這一胎小貓中唯一的倖存者？不知牠是怎麼做到的？難道，這就是傳說中的傻貓有傻福？

很快的我生了第二胎，可怕的是這胎竟有六隻，而且全都是母貓。看著牠們一字排開來，從白底的三花開始，顏色逐漸加深，到最後變成和我一樣的玳瑁，我雖然頗為佩服自己的創造力，但體力還真有點吃不消了。

好不容易六隻小貓該斷奶了，但是有這麼多隻，我根本沒辦法全部帶到露台上。有天我試圖咬了一隻過去，再回來時，其他小貓四散奔飛，在馬路上呼吼鬼叫，險象環生！我只好又把已經帶去的小貓咬回來，然而當我去到露台時，卻發現獨自待在那裡的小貓正要從矮牆上往下跳！把我嚇得魂飛魄散，牠太小了，這高度不是牠能駕馭的。

不得已，我只得到處去找食物給牠們吃，有時人類餵我吃罐頭，我盡量咬很大一口，含在嘴裡，但是帶到巷子裡去的時候，僅夠一隻小貓塞牙縫。於是我去偷人家供桌上的食物、偷店家的小卷或炸雞排……反正有什麼就偷什麼，偶然抓到一隻老鼠，都非常猶豫，因為若是將活老鼠交給孩子們訓練狩獵能力，老鼠幾乎都會逃走，我們就失去了寶貴的一餐，但是若不盡快教會牠們狩獵，牠們無法獨立，我也會累死。

終於，聰明的我想到了一個辦法！有天晚上，我在人類家樓下埋伏，好不容易等到夜深人靜，他下樓來了，我立刻朝他飛奔過去，並發出今生第一次用上的纏綿悱惻的哀告聲……他很驚訝地看著我：「唉呀，是潑潑！」接著這傢伙果然立刻開始操心了：「發生什麼事了啊？」我繼續對著他大叫，示意他跟著我，然後一邊往巷子移動，一邊回頭看他有沒有跟上——當然，他緊緊跟隨。

一進入巷子裡，小貓們很乖，全都躲得好好的，於是我發出每隻母貓都不同的呼喚聲，叫聲一出，六個小貓便從藏身處蜂擁而出，且全都擠到我身邊來向我索食。人類一看見牠們，驚喜不已，讚不絕口，當然啦，不管誰看到我把小貓養得這麼好，都是會讚嘆的。接著，我便轉頭深深地凝視著人類的眼睛——他就像觸電一樣，立刻明白了我的意思！

他轉身就往回跑，一會兒便帶來豐盛的美食：罐頭、飼料、乾淨的水、乾淨的碗以及——孩子們的歡笑。

***

此後，人類每天都來這裡餵我的小孩，我便趁機溜走了，以免孩子們還想喝奶，無法獨立。

當然這些小貓也都得到了名字，但其中只有一隻後來自己找到露台，成為人類的食客，我想應該是因為牠小時候曾被我帶到露台上吧？我和每隻貓媽媽都是一樣的，每次搬家時，會優先挑選身強體壯又聰明的，更何況牠還很美，身上的三種花色非常豔麗而鮮明，人類給牠的名字是「蓓蓓」。

蓓蓓找到露台之後很快就和人類非常親暱，可是我從旁觀察，總覺得牠的個性愈來愈奇怪，似乎太過溫和，也太信任人了，幾乎讓我感覺牠比較像人而不像貓……這當然不好，可是牠早已獨立，和我沒有關係了。

不久，蓓蓓便懷孕生子。與此同時，我又生了一胎六隻小貓，但這一次我更有經驗了，我學會了在露台上呼喚小貓，我拚死拚活地在露台上嚎叫了好幾天，還因此被隔壁鄰居丟東西和潑水，但總算成功了，全部小貓都來到露台上，從此，我就可以卸下重任了。

有天，露台上一陣喧鬧，竟然是蓓蓓將牠剛出生不久的幼貓帶來了！而本來在那裡的貓全都圍過來想找牠的麻煩，個性溫和的蓓蓓一反常態，發出怒吼，只是這吼聲有點不像話，誰都聽得出牠只是虛張聲勢，實際上心裡怕得要命。

在這一陣騷動中，人類也出來察看，蓓蓓一看見他，立刻將幼貓叼起，往他的腳邊蹭過去，一人一貓非常有默契，迅速往室內移動，彷彿早已說好了似的。人類為蓓蓓母女布置了一個隱蔽而溫暖的小窩，讓牠們在裡面舒服地睡覺。

仔細看那隻小貓，大約也可以想像，該是同胎裡面長得最好的，橘黃與淺褐的小碎花，像映照著夕陽的雲霞那般，平均而細緻地分布在白底之上，粉紅色的鼻子與肉墊，即將轉為翠綠的眼珠子……蓓蓓果然繼承了我的優秀血統。

令我不解的是，之前我是迫於無奈才向人類求救，請他去餵食巷子裡的小貓，可這時的蓓蓓不過才生下第一胎，只有兩隻，牠帶了其中一隻來給人類看，這心態究竟是怎麼回事？難道是介紹人類認識自己的孩子？這……這不該是貓的邏輯吧？又或者，在母貓慣例帶著小貓四處遷徙的過程中，蓓蓓嘗試將小貓帶到牠認為最安全的地方，而那個地方就是——人類的身邊？……嗯，不管怎麼想，這都是非常詭異的行為！

蓓蓓母女待在人類屋子裡的那段時間，人類非常開心，看他們那水乳交融的樣子，似乎他比我這個媽媽還能理解蓓蓓的心思？然後，我便聽見人類給這隻傻呼呼的奶貓取了名字「寶貝」，人類是這麼說的：「因為你是蓓蓓的寶貝，也是我的寶貝。」

嗯。

***

我第三胎小貓和蓓蓓第一胎小貓一起長大了，我的小貓裡面有一隻三花，人類老是將牠誤認為蓓蓓的小貓「寶貝」，因此他決定要取一個完全不同的名字，便以牠身上的花色就像白飯澆上咖哩醬為由，取名為：「咖哩」。然而，接下來有好長一段時間，總聽到人類疑惑地叫喚：「欸……這是咖哩？還是寶貝？」

這時因為貓口太多了，人類的鄰居表達不滿，每次看見人類就痛罵他一頓，並且有些貓消失了，疑似遭到暗算……總之，人類和鄰居交涉時承諾，一定會給貓咪結紮並且除蚤，如此終於勉強讓鄰居接受了。

可是說實在的，將所有貓咪抓起來並不容易，他擺在露台上的鐵籠子，一看就十分可疑，沒想到貓咪們卻一隻又一隻地進去裡面吃罐頭而被捕。我在旁觀察過幾次之後，已經了解籠子的運作模式，因此每次我總是輕巧地跨過機關，將美食搜刮殆盡，再退出籠外。埋伏在旁的人類雖然面色如土，卻也很有風度地讚美了我一番。當然有些親人的貓根本是徒手抓的，但他完全不敢這樣對我，自從他被我抓傷之後，連靠近我都不太敢。

後來我看見蓓蓓和小芝牠們從醫院回來之後，看起來都還不錯，幾隻公貓甚至渾然不覺，只感到一股說不出的輕鬆，和過去我媽媽的情況完全不同。如此又過了好一陣子，人類還是在籠子裡擺設美食，而我也毫不客氣繼續把食物吃完，掉頭就走。但有一天，我走開幾步之後，突然決定回頭走進籠子裡，並且觸動機關，讓籠門砰然關起。

人類非常吃驚，但我想我已明確地表達了：「確實我是自願的，我接受了你的安排，所以，快快停止你那沒完沒了的自責，自討苦吃，超無聊的！」

從醫院回來之後，我只覺得生活變得更加輕鬆了，而且許多貓身上也有和我一樣的怪味，我並不特殊。意外的是，我的小貓一看見我還是糾纏不休，明明露台上有無限供應的食物，牠們還想喝奶。有天我被咖哩煩得受不了，再加上我結紮後，過去的凶狠氣勢消失殆盡，曾被我修理過的公貓「胖虎」很會記仇，每天處心積慮地攻擊我，打算把我趕走。

終於有天我痛下決心，要離開這個地盤了！儘管知道將來生活可能沒那麼舒服，可是我一旦下決心便毫不囉嗦，畢竟貓的身體就是全副家當，沒什麼可收拾的，我說走就走了。

可以想像，人類哭哭啼啼地到巷子裡找我，但我不像媽媽一樣躲避，反而是熱烈地迎接他——和他帶來的食物。他愣住了，傻傻地看著我對著他奔來，甚至在地上翻滾的開心模樣，於是他了解我並沒有生氣，只是有什麼原因必須離開，如此而已。

此後，人類又開始了每天深夜到巷子裡餵食的日子。

***

我是在離開露台之後，才慢慢地開始……嗯，有一點喜歡上人類。或許因為在露台上，牠擺設的食物是供應給所有貓的，但現在，他每天風雨無阻地前來找我，且一直持續到我都已經變成老貓了，我當然有一點感動。不過，大概是相處的習慣已經養成，我依舊不願靠近他，不時還會揮爪子嚇嚇他，但他不以為意，似乎只要能看到我，便已心滿意足。

回到最初相遇的巷子裡，但這裡的情況已經和我小時候完全不同了。首先，媽媽已經離開，我曾在更遠處看見牠，雖然牠躲著帶牠去結紮的人類，但親人的本性沒變，所以到哪裡都有人餵食，甚至給牠取了好多名字，比較特別的一個是：「一半」，因為牠結紮後耳朵被剪掉一大半。

好久以前，我曾委託人類餵食的六隻小貓，蓓蓓去了露台，而今巷子裡只剩下和我長得很像的一隻，但牠個性超級軟弱，我有點懷疑若不是我突然回歸，牠可能也會被其他貓趕走吧？總之，我很快在巷子裡稱霸，跟著我的小跟班有好幾個，久了以後，人類也認得我的跟班了，和我很像的女兒因為額頭上有個菱形花紋，人類為牠取名：「菱菱」。

另外有隻親人的虎斑被取名為：「好吵」，原因很清楚——牠實在太吵了！只要有人經過牠就叫住人家，黏上去瘋狂撒嬌獻媚，有時能換來幾條小卷的腳，甚至是掉在地上的霜淇淋，但更多時候，牠白白被摸，什麼也沒吃到。

每天夜裡人類前來餵食，好吵便不斷地磨蹭人家，還經常跟在人類腳邊走，一路走還一路纏綿悱惻地說話，把人類逗得笑呵呵，牠甚至會一路跟到超過地盤界線之外，有次還被當地的老大修理了一頓。至於我為什麼會知道呢？當然是因為我跟蹤他們。

儘管每次見面時，我總是熱烈地衝出去迎接他，而他也非常開心地呼喚我的名字，然而，我卻感覺到人類已經慢慢地改變了……該怎麼形容呢？有點像是他身上的疼痛正在不斷地累積，舊傷被埋藏在底下，新的傷痛又蓋上去，如此築成了一道又一道的高牆，將他封死在裡面，他並且繼續在此，以各種毫無必要的刑罰，自我折磨。

更糟的是，雖然我仍然可以進入他的夢中，但他體內那些糾結與自我傷害的機制，已經不是我能撼動的了。當他醒來之後，他也不像過去那樣，能模糊地記得我在夢裡說的話，現在他什麼也記不得，什麼也聽不進去了。

從他的夢裡回來之後，我也沾染到他不祥的氣息，得花好多時間才能將自己復原。我自問，為什麼我會這麼掛心人類呢？這不像我的個性吧？然而答案很明顯：因為他是食物的來源啊……但我有一種強烈的預感，他可能沒辦法繼續帶食物來給我了。

***

有天夜裡，人類蹲在地上，將比平常更豐盛的食物裝進碗裡，並加以混合、攪拌……在身後看著他的背影，我感到一股莫名的抑鬱，接著，就像有靈光一閃，我眼前出現了畫面，顯示陌生人即將代替他，而這就是他最後一次來餵我吃飯！

你知道的，人類很愛哭，但貓幾乎不哭的。我第一次哭泣，是剛斷奶的時候，媽媽咬了一塊鮮嫩的魚排來給我，因為那實在是太好吃了，我高興得流下了眼淚！此後，我總想從食物中找回當時的感動，那塊魚排成為我最想念的事物，我想那裡面包含著和媽媽以及姊妹們相依為命的記憶吧？

此後我沒再哭過，然而此時，眼前竟莫名地一片模糊，臉頰上的毛也濕了……我無法思考，突然我發現自己竟把身體緊緊地貼在人類身上，還用頭去蹭著他的腿！他大吃一驚，不敢相信地轉頭看著我，我們兩個都僵住了——然後，就像大爆炸一樣，他的淚水噴湧而出，不絕地滴落在地面上——我們根本無法分辨那是歡喜，或是悲傷？又或者，悲喜本來就無法分開吧？

我盡情地磨蹭他，對他訴說各種之前沒說出來的話，而他也放下曾被抓傷的恐懼，把我從頭一路摸到尾……雖然我有點不習慣，中途一度想伸出爪子，但我忍住了，坦白說，這感覺還不壞。這是我第一次被人類撫摸，我不希望這也是最後一次。

第二天晚上，有兩個陌生人前來，在原本放碗的位置更換水和食物，接下來，都是這兩人，或者輪流，但他們一次也沒見到我。只有好吵興奮不已，認為他們是天上掉下來的大好人，不斷向他們撒嬌。我很清楚，人類去了某個地方，這兩人是他委託前來幫忙的，在他們口中，我第一次聽見了人類的名字，以及他的病情。

再次進入他的夢中，我在他的露台上走來走去，四處尋覓，就連我始終不願進去的房間，也進去搜查了一番，就在我即將放棄時，終於聽到了這熟悉到不能再熟悉的聲音——他在呼喚我和其他貓，但是，沒有形體，就連聲音，也很快就消散在風中了——

奇怪的是，那聲音裡並沒有過去的悲傷和沉重，反而是輕鬆而快活的，甚至帶著溫暖的光……我想或許我有點懂了，似乎他已經成為另一種存在，而且那種存在的型態……似乎還不錯？至少，比他過去那副德性好太多了。

此時我不禁想起，媽媽大約有十個名字，妹妹至少有三個，而我只有一個，是人類給我的。至於人類呢？他曾看顧過那麼多貓咪，且將全副身心都交付給我們，因此，在每隻貓咪的口中，他有不同的名字，而且每一個名字，都出自貓咪心裡最明亮、最柔軟的那一部分——從我此刻模糊的眼中看出去，這些璀璨且閃耀著繞射光芒的名字，以他為中心向外擴張並且旋轉著——而身在其中的人類，已經回復到生命最初的型態了，無悲無喜，自由自在。

國家圖書館出版品預行編目資料

腦洞與星空 / 隱匿著 . -- 初版 . -- 臺北市 :
聯合文學出版社股份有限公司 , 2025.09
272 面 ; 14.8×21 公分 . --（聯合文叢 ; 782）
ISBN 978-986-323-712-9（平裝）

863.55　　114011847

聯合文叢 782

腦洞與星空

作　　者／隱　匿
發 行 人／張寶琴

總 編 輯／周昭翡
主　　編／蕭仁豪
資深編輯／林劭璜
編　　輯／劉倍佐
封面設計／郭鑒予
資深美編／戴榮芝
業務部總經理／李文吉
發行助理／詹益炫
財 務 部／趙玉瑩　韋秀英
人事行政組／李懷瑩
版權管理／蕭仁豪

法律顧問／理律法律事務所
陳長文律師、蔣大中律師

出 版 者／聯合文學出版社股份有限公司
地　　址／(110)臺北市基隆路一段 178 號 10 樓
電　　話／(02)27666759 轉 5107
傳　　真／(02)27567914
郵撥帳號／17623526 聯合文學出版社股份有限公司
登 記 證／行政院新聞局局版臺業字第 6109 號
網　　址／http://unitas.udngroup.com.tw
E-mail:unitas@udngroup.com.tw

印 刷 廠／沐春行銷創意有限公司
總 經 銷／聯合發行股份有限公司
地　　址／(231)新北市新店區寶橋路235巷6弄6號2樓
電　　話／(02)29178022

版權所有 · 翻版必究

出版日期／2025 年 9 月　初版
定　　價／400 元

Copyright © 2025 by Kuei-Fang Hsu
Published by Unitas Publishing Co., Ltd.
All Rights Reserved
Printed in Taiwan

ISBN 978-986-323-712-9（平裝）

（本書如有缺頁、破損、裝幀錯誤、請寄回調換）